21
世纪文学之星
丛书
2020年卷

短 篇 小 说 集

茉 莉

胡 月⊙著

作家出版社

作者简介:

胡月，2018 年 9 月在《青年文学》上发表第一篇短篇小说《地理课》，从此开始小说创作。此后，短篇小说相继发表于《青年作家》《儿童文学》《解放军文艺》等刊物，有小说被《中华文学选刊》《青年文摘》《辽宁作家》选载。

目录

总　序

袁　鹰

中国现代文学发轫于本世纪初叶，同我们多灾多难的民族共命运，在内忧外患，雷电风霜，刀兵血火中写下完全不同于过去的崭新篇章。现代文学继承了具有五千年文明的民族悠长丰厚的文学遗产，顺乎 20 世纪的历史潮流和时代需要，以全新的生命，全新的内涵和全新的文体（无论是小说、散文、诗歌、剧本以至评论）建立起全新的文学。将近一百年来，经由几代作家挥洒心血，胼手胝足，前赴后继，披荆斩棘，以艰难的实践辛勤浇灌、耕耘、开拓、奉献，文学的万里苍穹中繁星熠熠，云蒸霞蔚，名家辈出，佳作如潮，构成前所未有的世纪辉煌，并且跻身于世界文学之林。80 年代以来，以改革开放为主要标志的历史新时期，推动文学又一次春潮汹涌，骏马奔腾。一大批中青年作家以自己色彩斑斓的新作，为 20 世纪的中国文学画廊最后增添了浓笔重彩的画卷。当此即将告别本世纪跨入新世纪之时，回首百年，不免五味杂陈，万感交集，却也从内心涌起一阵阵欣喜和自豪。我们的文学事业在历经风雨坎坷之后，终于进入呈露无限生机、无穷希望的天地，尽管它的前途未必全是铺满鲜花的康庄大道。

绿茵茵的新苗破土而出，带着满身朝露的新人崭露头角，自然是我们希冀而且高兴的景象。然而，我们也看到，由于种种未曾预料而且主要并非来自作者本身的因由，还有为数不少的年轻作者不一定都有顺利地脱颖而出的机缘。其中一个重要的原因，乃是为出书艰难所阻滞。出版渠道不顺，文化市场不善，使他们失去许多机遇。尽管他们发表过引人注目的作品，有的还获了奖，显示了自己的文学才能和创作潜力，却仍然无缘出第一本书。也许这是市场经济发展和体制转换期中不可避免的暂时缺陷，却也不能不对文学事业的健康发展产生一定程度的消极影响，因而也不能不使许多关怀文学的有志之士为之扼腕叹息，焦虑不安。固然，出第一本书时间的迟早，对一位青年作家的成长不会也不应该成为关键的或决定性的一步，大器晚成的现象也屡见不鲜，但是我们为什么不在力所能及的范围内尽力及早地跨过这一步呢？

于是，遂有这套"21世纪文学之星丛书"的设想和举措。

中华文学基金会有志于发展文学事业、为青年作者服务，已有多时。如今幸有热心人士赞助，得以圆了这个梦。瞻望21世纪，漫漫长途，上下求索，路还得一步一步地走。"21世纪文学之星丛书"，也许可以看作是文学上的"希望工程"。但它与教育方面的"希望工程"有所不同，它不是扶贫济困，也并非照顾"老少边穷"地区，而是着眼于为取得优异成绩的青年文学作者搭桥铺路，有助于他们顺利前行，在未来的岁月中写出更多的好作品，我们想起本世纪20年代和30年代期间，鲁迅先生先后编印《未名丛刊》和"奴隶丛书"，扶携一些青年小说家和翻译家登上文坛；巴金先生主持的《文学丛刊》，更是不间断地连续出了一百余本，其中相当一部分是当时青年作家的处女作，而他们在其后数十年中都成为文学大军中的中坚人物；茅盾、叶圣陶等先生，都曾为青年作者的出现和成长花费心血，不遗余力。前辈们关怀培育文坛新人为促进现代文学的繁荣所作出的业绩，是永远不能抹煞的。当年得到过他们雨露恩泽的后辈作家，直到鬓发苍苍，还深深铭记着难忘的隆情厚谊。六十年后，我们今天依然以他们为光辉的楷模，努力遵循他们的脚印往前走去。

开始为丛书定名的时候，我们再三斟酌过。我们明确地认识到这项文学事业的"希望工程"是属于未来世纪的。它也许还显稚嫩，却是前程无限。但是不是称之为"文学之星"，且是"21世纪文学之星"？不免有些踌躇。近些年来，明星太多太滥，影星、歌星、舞星、球星、棋星……无一不可称星。星光闪烁，五彩缤纷，变幻莫测，目不暇接。星空中自然不乏真星，任凭风翻云卷，光芒依旧；但也有为时不久，便黯然失色，一闪即逝，或许原本就不是星，硬是被捧起来、炒出来的。在人们心目中，明星渐渐跌价，以至成为嘲讽调侃的对象。我们这项严肃认真的事业是否还要挤进繁杂的星空去占一席之地？或者，这一批青年作家，他们真能成为名副其实的星吗？

当我们陆续读完一大批由各地作协及其他方面推荐的新人作品，反复阅读、酝酿、评议、争论，最后从中慎重遴选出丛书入选作品之后，忐忑的心终于为欣喜慰藉之情所取代，油然浮起轻快愉悦之感。"他们真能成为名副其实的星吗？"能的！我们可以肯定地、并不夸张地回答：这些作者，尽管有的目前还处在走向成熟的阶段，但他们完全可以接受文学之星的称号而无愧色。他们有的来自市井，有的来自乡村，有的来自边陲山野，有的来自城市底层。他们的笔下，荡漾着多姿多彩、云谲波诡的现实浪潮，涌动着新时期芸芸众生的喜怒哀伤，也流淌着作者自己的心灵悸动、幻梦、烦恼和憧憬。他们都不曾出过书；但是他们的生活底蕴、文学才华和写作功力，可以媲美当年"奴隶丛书"的年轻小说家和《文学丛刊》的不少青年作者，更未必在当今某些已经出书成名甚至出了不止一本两本的作者以下。

是的，他们是文学之星。这一批青年作家，同当代不少杰出的青年作家一样，都可能成为21世纪文学的启明星，升起在世纪之初。启明星，也就是金星，黎明之前在东方天空出现时，人们称它为启明星，黄昏时候在西方天空出现时，人们称它为长庚星。两者都是好名字。世人对遥远的天体赋予美好的传说，寄托绮思遐想，但对现实中的星，却是完全可以预期洞见的。本丛书将一年一套地出下去，十年二十年三十年五十年之后，一批又一批、一代又一代作家如长江潮涌，奔流不息。其中出现赶上并且超过前人的文学巨星，不也是必然的吗？

岁月悠悠，银河灿灿。仰望星空，心绪难平！

1994 年初秋

茉 莉

序

英雄叙事的新姿态

徐贵祥

1995 年夏天，一位军旅文艺评论家写了一篇文章《在茫茫星空中寻觅自己闪光的位置》，其中有这么一段话："粗犷豪壮，雄健洒脱，带着金戈铁马式的阳刚之气，是作者写军旅生活的小说的明显特点。他表现军营和军人日常生活往往取正面强攻这类难点较大的角度，却仍能将单调谨严的军营生态写得情趣盎然，神采飞扬……"

这段话出自"21世纪文学之星"1995年卷小说集《弹道无痕》的序言，作者是我的老领导、解放军出版社原副社长韩瑞亭，那个"寻觅自己闪光位置"的人自然就是我。可能就是从那个时候开始，"寻觅"这两个字进入了我的创作生命，时时刻刻在我的血液里奔流，直到"寻觅"多年后，我从一颗"新星"变成了一个编委，直到胡月带着她的《茉莉》出现在我的眼前。蓦然回首，时光已经飞奔了二十七年。时光也给我布置了一道课题，该怎样看待今天的"文学之星"，该怎样理解今天的军事文学，该以什么样的姿态同后起之秀们相处，能不能像我的前辈帮助我们那样，给我们的晚辈以精准的定位和有益的指点？

胡月是我的学生，至少名义上是。作为军事文化学院（原解放军艺术学院）文学创作专业一名硕士毕业生，她在读的时候，我给他们上过几堂课，传授过我写小说的经验和思考，更多的是给予阅读建议和进行写作基础训练。我自认为对我的学生是了解的，若干次论文答辩和作业批改，让我熟悉了他们的招数和风格。但是时隔几年，中华文学基金会的同志寄来胡月的小说集稿件，我还是感到惊讶了，眼前的作品陌生得不像是我的学生写的，这种陌生让我想到了一系列成语——"文无定法""后生可畏""弟子不必不如师"等等。

读懂胡月是需要费点力气的，不仅因为她构筑的世界离开了传统叙事的土地，还因为她的世界离地面并不远，不过离地三尺而已，但它是悬浮的、移动的、变幻的，它离开了你的认知，又没有摆脱你的经验，你抓不住它触不到它，但是你总是能看见它并且能听到它的声音、闻到它的味道。

毋庸置疑，想象力是最大的创造力。胡月的想象力超出了我的想象。短篇小说《龙虾》写了一条"侏儒"鲤鱼的生命历程，从鱼类社会底层到时来运转变成了一片水域的"龙王"，再到命运多舛被贬为"虾"，写的是水下鱼虾的故事，讲的却是社会人间的奥秘，世态炎凉，官场诡异，人性明暗，英雄悲情，弱肉强食……任何历史都是当代史，任何故事都是人类的故事，无论是鱼是虾是龙，它们有人的表情、人的行为、人的思想、人的情感，甚至有人的悲哀。从这个意义上讲，我揣测胡月在营建《龙虾》的时候，脑子里会断断续续地闪过《西游记》，会闪过花果山水帘洞。不过，花果山上毕竟离人间更近，可以让人看到明媚的阳光和盛开的鲜花，而鱼、龙、虾的办公和活动地点始终在水下，从中透出的是一成不变的黑暗和寒冷，这大约也是对人类社会的一个隐喻。

在胡月为数不多的作品中，引起文学评论界关注较多的可能要数《茉莉》。讲的是一个名叫乾成的志愿军战士，在负伤回国路上的种种遭遇和在死亡的阴影笼罩下的生命体验，在同战友老贾和崔胖子交往的过程中，听老贾讲他的女朋友骑着汽油桶同他幽会，听崔胖子讲中国老百姓从信袋里飞出来同美军战斗的故事，这一系列故事都带着浓厚的魔幻色彩。在这一路上，乾成自己也一本正经地讲了一个写实的故事——我们团有个连，去年冬天，上级命令他们在一个叫死鹰岭的山头阻击敌人。预定时间到了，枪声却没有响起来，美军轻而易举地通过了死鹰岭，给我们团造成重大伤亡。军长愤怒地命令团长，立即把那个连长带来，要枪毙了他……我们怎么也没有想到，爬上死鹰岭阵地后，看到一百多人的连队一个不少，他们全部趴在那里，枪指向前方，但他们都被冻死了。团长扑上去，抱着一个又一个战士，放声大哭。他们隐蔽在寒冷的雪夜里睡着了，就再也没有醒过来。

这个小说写得虚虚实实，如梦似幻，在时间和空间的距离上忽近忽远，同传统的现实主义套路拉开了较大的差距，却又有那么多似曾相识的体验，因而成为抗美援朝战争书写的一朵奇葩，引人入胜，扣人心弦，也耐人寻味。直到读完全篇，我们才得到肯定的答案，这是一个死人讲述的故事，这一切都是那个名叫乾成的志愿军战士在走向死亡途中几分钟的幻觉、回忆或者说梦呓。

弗洛伊德说，创作即白日梦。我认为，所有的梦都是真实的存在。梦是一个很奇妙的东西，不仅可以在极短的时间内在记忆里叠印各种景象和事件，而且能像放电影一样快速切换画面，科学即便发展到了今天，也很难解释它的来龙去脉。恰好是梦，让作家们发现了一些讲故事的新手段，利用梦境世界可能的存在，在时间和空间上大做文章，让叙事者梦见人物的梦，让此人物的梦与彼人物的梦交织纠缠，将复杂历史中的散珠碎玉有机地组成在一起，也将作者的情感和哲思贯穿其中。较之"说来话长"的线性结构和"各表一枝"的穿插结构，通过梦境和呓语，不仅叙事更加方便，其真实性也似乎更能击中人心，貌似荒诞，却非空穴来风——关于这一点，我无意进行深入的探究，仅仅表达一个观点。

似乎可以说，胡月已经窥见了文学创作的一些奥秘，开始尝到了甜头，尽管还是半生不熟或明或暗，但是她的探索已经起步了。《茉莉》采用的是亡灵视角，亡灵的视野无处不见，具有无限的辽阔，可以同历史对视，同历史中的人物互相打量，彼此寻觅，寻觅那个时候的"我"和那个地方的"我"，今天的"我"或许就是昨天的"他、她、它"——正因为具有这种"无限性"的便利，所以这个视角成了现代叙事者比较看好的选择，胡月是军队青年作者当中较早使用这个手法的。

在阅读《茉莉》的时候，我的脑子里不断地闪现解放军艺术学院文学系的那间教室，想到了张志强老师在其所著《零时间：叙事文学的颠覆性命题》里的结语——我们能够看到零时间在叙事手法上带给叙事文学颠覆性的变化，传统叙事文学讲故事的形式与观念由此改变了。开始、发展、高潮、结尾，这些被认为叙事文学必备的要件也被改造，被重新认识，叙事文学由此打开了一个新的奇异的话语天地。还有作家李浩老师讲述的《夜间的死亡》——最终，年幼的孩子们都上床了／然而到了年夜／死去的女人站起来／吹灭尚在燃烧的蜡烛／飞快地补完最后一只袜子／在棕黄色锡皮罐里／找出她的五十五个硬币／把它们放在桌子上／找出失落在碗橱后面的剪刀／找出一只手套／它们是在一年前丢失／检查房间所有的门把手／将它们拧紧／喝完她剩下的咖啡……李浩讲述的这个"亡灵母亲"来自捷克作家赫鲁伯，她长期存活于学生们的思维世界。不知道胡月是否受教于张志强和李浩，但是从她的作品里，我看到了军艺文学系老师启发和引领的身影。就像当年我成为"21世纪文学之星"一样，胡月也是从军艺的那间教室出发的。

作为形式探索，《茉莉》《龙虾》等作品无疑达到了或者说部分达到了目的，因而也可以说它是成功的，甚至可以说，它为英雄主义精神表达开辟了另一条更为宽阔的道路，提供了战争文学新的表情、英雄书写新的姿态。但是我们不能不看到，胡月毕竟是一个刚出校门不久，在文学创作的道路上仍然有很多迷茫、很多困惑，存在很多可能的年轻作者，把她的作品同那些现代派大师的各种理论联系起来，恐怕为时尚早，说她已经形成了某种风格或者已经呈现了某种姿态，同样是牵强附会的。不客气地说，从目前的几篇作品看，显然还很稚嫩，现代手法的运用还有些生涩，或多或少有些生搬硬套的痕迹，虚与实、远与近的调度不那么从容，因而给阅读带来些许障碍。

现在来谈谈胡月的另一面。如果说《龙虾》《茉莉》《士兵遐迩》《蚂蚁部队的故事》等作品能够让我们明显地感受到形式的现代感，那么，《流水的营盘》和《还乡》等作品以传统的手法，老老实实地讲故事，而且同样把故事讲得有声有色，又让我们对这个小说新手有了新的认识，她的探索不只是形式层面的，不是仅仅停留在"怎样讲故事"的技法探索，不是刻意地"炫技"。在形式探索的同时，胡月没有放弃"讲什么故事"的思考。在文学创作中，形式服务于内容，怎么讲故事固然重要，但是讲什么故事还是根本性的问题。本人认为，讲什么故事，其实也是形式追求的重要方面，故事的内容是更加高级的形式。我想，胡月是明白这个道理的。

还是以《茉莉》为例，这个看起来比较有现代意味，被看成魔幻、魔法、魔棒的小说，其实是来自生活的真实。据说，为了写作这个故事，她在某个假期里奔走在某军队干休所，采访了数十位志愿军老兵。就像一个厨师，她首先在生活的田野里采摘了足够的食材，然后才有可能调制成一道佳肴。同样，也正是因为她的双脚始终踩在生活的地面上，她的作品才饱含着浓郁的人间气息。她以新的视角、新的结构和诗一样灵动的语言营造的形象空间，让沉睡其中的英雄冉冉升起翩翩起舞，让我们穿越万水千山和岁月的氤氲，眺望他们绽放的英灵之花，闻到了茉莉花香。

生活，是文学的源泉，也是胡月和胡月们成长的源泉。我个人认为，这些年轻人的作品纳入"21世纪文学之星"结集出版，标志着他们的"寻觅"正式上路了，他们的探索应该是全方位的、路径应该是灵活的、姿态应该是多变的。

"21世纪文学之星"青年创作扶持行动，到了胡月这一届，已经持续了二十八年，扶持将近三百名文学青年出版第一本书，其中获奖者众多，在社会产生广泛影响者众多，一代代"新星"用自己的闪光照亮了"21世纪文学之星"的品牌。我们期待，胡月和本届"21世纪文学之星"们，脚踏实地，砥砺前行，在群星灿烂的文学天空中找到自己闪光的位置。

茉　莉

　　早在那年冬天到来之前，或者更确切地说，早在我被送到朝鲜战场变成志愿军之前，我就曾研读过一百种以上死亡方式。不得不承认，那和国立北平图书馆三层隔间中被禁的那本《时间死考》有关。据说博尔赫斯早在三十年代就在巴别图书馆中找到了《沙之书》，他和妻子没日没夜地阅读、誊抄，最终将《沙之书》中的一个单元独立出来，写成了《时间死考》，而《沙之书》最终带着它不可重复的本性，再也没有人能翻到有关《时间死考》的任何一页，看到和这本书相关的任何文字。而我，从《时间死考》中偷窥了那一百种以上的死亡方式后，竟再也无法平静地面对毫无预兆的死亡，就像在那些数不清的日子里，在和美军作战的空隙，当我疲惫地躺在战壕里时，我常常弄不清楚，那些不断从断壁残垣之间呼啸而过的，究竟是风还是无家可归的亡灵。

　　此时，风更大了，它们带着鬼魅的神色向我扑来，天空被硝烟蒙上了一层厚重的黑色幕布，身边的一切已经无从辨别，只剩下猛烈的血腥气味和令人毛骨悚然的寂静。从前天夜里，我们分完通信员身上的最后一口炒面起，剩下的食物就只有战争的荒芜。已经九天九夜了，人人都知道，美军在等待我们精疲力竭后，不费一枪一弹将我们解决掉。就在刚刚，美军又开始打了，他们不敢面对面同我们厮杀，只是一个劲儿地用"范佛里特弹药量"砸我们。我被凶残的榴弹碎片炸断了左腿。我第一次，也是唯一一次体验到了受伤的滋味，血不断从皮肉之间喷涌而出，它们仿佛变成了数条瞬息流动的血蛇，在血浆与残骸中饶有兴致地游动，我甚至看见最活泼的那条绕过了6具尸体和3个弹坑，游到了不远处的战壕里，它精疲力竭地向排长报告了我的情况后，瘫软在地。排长立刻顺着这条血蛇爬过的痕迹找到了我。当时，我已经晕过去了，我记得自己变成了一阵风，随着尘土和硝烟向上飘动。

我被几个同样受了伤的战友连拖带拽地送到了最近的野战医院里，在残酷的炮火中，没有谁是完好无损的，就连身上的虱子都很可能被折断过一只触角。那个充满了恶臭和死亡气味的野战医院并没有让我糟糕的心情好多少，那是一个虽然离战场不远，但很安全的隐蔽所，狭小的空地上挤满了和我一样刚从战场被抬过来的受了重伤的战士，以及刚刚和这个世界道别的勇士，他们绑着被血凝成深紫色、已经毫无用处的绷带被挑夫班一具一具地抬出去。

我看到了死神。他和传说中的一模一样，穿着黑色的袍子，手里拿着一个巨大的镰刀。我想冲着他叫，我不想死，我不想死啊。可我嘴巴张了张，没有喊出声音，却听到俯下身子查看我的伤腿的医生抬头对护士说："他嘴巴出血了，赶紧处理一下。"护士用棉球给我擦着嘴边的血，我的目光越过她的肩膀，看见死神绕过了我，他经过的地方，挑夫班正在忙碌。一个挑夫正蹲在地上扯着白布，他娴熟地用右手的食指和拇指拽着布头，左手沿着布边拉动到左肩胛，对着地上的尸体反复丈量，然后哧的一声撕下白布迅速包裹好死者的头部和四肢。死者用自己最后的尊严深沉地躺在那里，仿佛这样可以增加活着时的厚重。此时，挑夫班又上来一个人，帮着将死者翻过来，用白布裹满全身，然后填写

茉 莉 |

了一份牺牲鉴定书插在了层叠的白布之间，它们将和死者一起随着运送弹药的汽车一同返回还有亲人生活的故土，匆匆结束短暂而可怜的一生。

由于失血过多，我在临时野战医院里安安静静地躺了三天三夜，这里不断有人进进出出，仿佛是连接人间和地狱的秘密通道。好在，医生已经把我的断腿包扎起来，并且告诉我，腿不用锯掉，但要彻底治好，必须得运回国内。而且，这需要等待时机。对我来说，这真是一个好消息呢，这条亲爱的腿并没有舍我而去。我心情好多了，扭头看身边的战友。躺在我身边的是第一批跨过鸭绿江的老兵老贾，他在右侧腹部受了伤。由于这场仗打得过于艰辛，止痛药的配给早已不能满足伤员伤口的蔓延速度，一到深夜，老贾就满嘴胡话。他试图将他短暂的青春生涯全都倾泻给我。他回忆起自己喜欢的那个娇弱的邻村女孩，白天，她像一只营养不良的小母狗般惹人怜爱，而一旦天黑，有了夜幕的伪装，她就会伸开隐藏着的黑色羽翼，以惊人的速度从邻村飞来，与老贾在村口的麦秸垛相会。没有人注意过这个夜空中的黑色影子，直到老贾当了志愿军前一天晚上，村里人才发现。女孩的名声坏了，她名字散发着腐烂的味道。女孩说，你必须娶了我。她父亲也是这么对他说的。那天晚上他们就结婚了。第二天上午，女孩流着泪把他送到了村口。他说，她一定会来找我的，只是鸭绿江的水太宽，她的翅膀还没有长到可以跨越江水的程度。到朝鲜这两年来，他每夜都会抬头望向天空，期盼着空中的某个小黑点慢慢变大，扇动着修长的羽翼来到他身边，重温时光的旧梦。然而，这种期盼却在三天前的炮声中支离破碎，和他躺在医院的身体一样。说着，老贾翻了个身，将脸冲向能看到天空的方向。我不知道是疲惫还是因为故事已经完结最终使他安静了下来，因为我的意识也是时有时无，断断续续。但我清楚地记得，就在一

茉 莉

年前，那个女孩，也就是老贾的老婆来的信。老贾不识字，当时他迫不及待地让我念给他听。他老婆在信里说，三个月前的一个晚上，她梦见老贾骑着汽油桶回到家中，并让自己怀了孕。老贾听到这里，突然愣愣地问我，梦见他回去她肚子就能大了？这事可能吗？我当然知道这不可能，但在战场上，老贾要是一直想不开可就麻烦了。我忙安慰他说，史书上写过，刘邦的母亲就是做梦怀上他的，还是个皇帝呢。老贾听了又惊又喜，喜的是这事儿古代就有，惊的是千万不能生个皇帝。

　　老贾这会儿扭过头看了看我，艰难地向我努了努嘴，示意我把他口袋里的东西掏出来。他除了右侧腹部里有几块弹片，胳膊也断了。我把手伸进他口袋，掏出了一封信，奇怪的是，信封好好的，还没有拆。我奇怪地看着他。他说，这是他老婆半年前来的信，我算了算时间，肯定是孩子生了。我说，这是喜事啊，你怎么不打开看看呢？老贾哭丧着脸，说，你们文化人就喜欢诳人，我老乡给我说了，做梦生孩子这事儿不可能有的。她肯定跟别人好上了。我忙说，不会的不会的，她要是跟别人好上了，怎么还会给你写信呢？老贾说，你们文化人真会说话……你给我念念吧。我就打开信给他念了。果然是封报喜的信。他老婆说，已经生啦，是个男孩，母子平安。我不好意思地看着老贾，就像那孩子是我的一样。我想老贾肯定会哭的，但我想错了，他咧嘴笑了。他盯着天空，喃喃地说，母子平安就好，管他谁的种，只要我回了家，他叫我爹就行。我也陪着他笑，但一笑，牵引得伤口一阵剧疼，我只好不再陪他笑了。那天晚上，我半夜醒来时，听到他在睡梦中嘿嘿地笑。也许，他这次真的在睡梦中骑着汽油桶回到了家乡。

　　第四天黄昏，我感觉好多了，都能下床走动了，腿断掉的地方，肉芽正在哗哗地歌唱着欢乐生长，虽然有些痒痒的，但这种感觉十分美妙。我甚至还走出了医院的隐蔽所，看到天边升腾起大片紫色的云朵，像水彩画一样晕染开来，它们伴着运送弹药的汽车慢慢地向后移动，准备送我回到祖国故土。我喃喃地呼唤着芳芳的名字，多么希望那些风儿把我的呼唤带到她身边。芳芳啊，我知道你不会像老贾的恋人那样长出黑色羽翼来，那么，就让我长出洁白的翅膀回到故土吧。

志愿军的首长好像听到了我的呼唤，很快安排了汽车前来带我们回家。这是一队运送弹药的汽车，按道理讲，是不能带伤员的，但首长说，还是早一点送他们回去吧，他们早一天回去，说不定就能救回来了。需要运送回国的伤员太多，我是属于受伤较重又能治好的，被优先考虑。那些伤势更重的，怕是连半路都坚持不了，也就不用送了。伤稍微轻些的，被安排在野战医院救治，救好了还要上战场。我看着老贾，他已经静静地睡着了。医生说他的伤已经蔓延到骨髓，比我要重很多。我想向他道别，但想想还是算了。我心里有点惭愧，不多不少，我这伤正好够送回国，就好像我计算好了一样。

从登上汽车的那一刻起，我更加想念芳芳了。或者说，在朝鲜的每一天，我都在想念她。美军像讨厌的苍蝇一样无处不在，天上飞着，地上跑着，水里游着，汽车白天不能行走，只能晚上关了车灯偷偷地走。在无边的黑夜里，我翻来覆去地在脑海中回放我和芳芳第一次相遇的情景。那时，我作为国立北平图书馆的管理员，正在第五层的木质楼梯拐角，靠近窗户的书架旁，背对着阳光将b13号书架上的所有书籍从左至右一一卸下，以便清理长期以来在书架和书籍上安家的尘土。我用半湿半干的抹布在尘封的书籍上一拍，尘土便在阳光光柱中蒸腾起来，懒洋洋地伸展着沉睡的腰肢，然后又缓缓落在地板上，继续它们的千年遗梦。而被我清理干净的书籍犹如一个个刚刚出浴的少女，带着娇羞的红晕被我重新从左至右按顺序放回书架上。阳光像被水洗了般不断在窗台上静静流淌，就在我码放到刚好看见她时，阳光知趣地穿过两排书架，正好落在她拿着书的右脸上。和刚被我清理干净的书比起来，她是真正的少女，一条又粗又黑的麻花辫娇羞地搭在淡蓝色的校服盘扣上，眉宇间透着常年被知识滋养过的水润。我忍不住想多看她一会儿，就拿着剩下的书反方向由右向左码放起来。我将码书的动作放慢了一倍，也可能是两倍，直到码到即将填满那排书架的最后一本时，她好像觉察到了空气中飘动的眼神，向我这边转过头来。我惊慌得用书迅速堵上了最后能窥觑到她的缝隙，任凭心脏以急行军的速度在身体里横冲直撞。我背过身去，靠在刚刚清理好的书架上，平复了很久。空气中有爱情，它们在发热。

直到阳光缓缓照到我的脸上，我才鼓起勇气再次转身，偷偷地将最后那本堵住视线的书移开，没想到，她早已穿过两排书架，正好站在缝隙对面微笑地看着我。这次我没有躲避，我深深注视着她的眼睛，书架上的书开始不怀好意地窃窃私语，它们在我耳边嘶鸣……后来，每天我们都会凝视对方，直到我拿起一本书，拿到正好挡住嘴唇的高度，我告诉她，我爱你。我的勇气只能做到这一步。没想到，她立刻通过我嘴唇以上的表情读解了出来，告诉我说，她也爱我。我闻到了空气中飘来的茉莉花的香气，即使那是在没有茉莉盛开的初冬。

车轮向前滚滚，在弹坑中弹跳着，颠簸带来的全身疼痛反而让我的大脑更加清醒，此时，我又闻到了浓郁的茉莉花香，只是花香醉人的回忆总是被现实无处不在的硝烟与尸体的腥臭味侵入。我用手把这些黏稠的异味拨开后，看到了她的脸。她的脸离我越来越近，越来越近，就在这时，我乘坐的运送弹药的汽车猛地停了下来，前方炮火正猛，夜晚变成了白昼。一枚美军的榴弹炮在不远处的公路上炸开，敌人发现了我们的车队。车上所有人迅速挤成一团，接着又像炸了锅一样散开，拼命往下跳。就在我们下车的工夫，驾驶室的窗玻璃已经被另一枚在更近处爆炸的榴弹炮击得粉碎。我们迅速低下身子，尽量更快地向旁边移动。就美军一贯的战法而言，榴弹只是他们的战斗序曲，不多时就会有更加猛烈的炮火在这片土地上肆意奏响。停在路上的车辆像黑色的棺材，每个人都想离它远远的。而从车上下来的人，都不再是完整的战斗员，我们能做的，只是拖着伤胳膊断腿，尽快寻找地点隐蔽，趁敌不备再想办法脱身。好在，司机在距离汽车不远的地方，发现了三堆志愿军留下的石堆，它们可以指引我们转移到最近的地下坑道。这是朝鲜战场上志愿军特有的暗号，以三堆碎石中最大的一堆为中心，其他两堆为方向基点，顺着八点钟方向行走，就可以找到密道的入口。三堆代表可以容纳十人，五堆代表可容纳三十人以上。我们这辆车和前面一辆车一共活下来九人，数量刚好。我们迅速定位了隐蔽的方向，找到入口，一一钻了进去。

坑道里，黏稠的闷涩感和发霉的气味无处不在，我们一个个都弓着身子找到了一席之地，月光从斑驳的缝隙中偷偷潜入，稍作停留，洒在了坑道边缘。顺着月光，我看见那里一片狼藉，撕得破烂的志愿军军装在夜幕的阴影中薄如蚕丝、血迹斑斑，枯萎的野菜根抱成一团，如荒草般在凄冷的月光下相互取暖，还有被无数次蒸煮过食物的、早已变形的美军罐头盒歪着头靠在土壁上，燃烧后的灰烬以及被熏黑的坑道壁加重了这里的鬼魅气氛，看来在此隐蔽过的战友并不比我们好到哪儿去，到处都弥漫着战争的疲惫与荒芜。外面的炮火越来越响，地皮一上一下地起伏着，我们好像坐在大海上。由于刚才的紧急转移，我的左腿重新渗出了鲜血，在包扎的白布上盛开了数朵深红色玫瑰。我再次有些意识不清，我明知道外面的炮火离这里越来越近，可是我的耳朵似乎开始有意地关闭听觉功能，那些已经咫尺相隔的爆炸声犹如逐渐微弱的烛火，穿过破网映在影影绰绰的耳膜上。我又闻到了熟悉的茉莉花香，花香带来了芳芳。

芳芳是北京师范大学中文系学生，这是我们在图书馆的数次凝望后她告诉我的。我还真有点自卑呢，那时，我只是国立北平图书馆的……怎么说呢，说是管理员，但也许称我为寄宿在国立北平图书馆的难民则更为合适。我的家人在数次的战争中一个个消失得无影无踪，连代表他们的一丝线头或个把汉字都没能留下，他们就像被风吹走一般，被世界永远抹去了。而我，在北平发生那场不大不小的战役时，还只是个小学生，阴差阳错地跟着国立北平图书馆馆长姜永博躲过了日军的空袭，他把我带到图书馆。从那天起，我就在这里住下了，他教我读书识字，帮着他对书籍进行整理和抄注。他见我特别喜欢西语，还把博尔赫斯写的书给我看，这是他托一个美国的朋友寄来的。我就是在那里读完了博尔赫斯所有的书，让我惊喜的是，他竟然是布宜诺斯艾利斯市一个公共图书馆的小职员而已。这么说来，我们两个还是同行呢。我一直想把他的书翻译出来，将来，也当一个作家。1923年，博尔赫斯正式出版了他的第一本诗集《布宜诺斯艾利斯的激情》，那年他24岁了。我现在也是24岁，要不是这场战争，我说不定现在也写出了诗歌，也许是小说。书名叫什么呢？就叫《茉莉》吧。扉页上必定得有个题记：献给芳。

图书馆除了馆长和我，还有一个比我年纪大两岁的哥哥，他也是被馆长收留下来找个落脚地的老实人。连年的战争让我们三个失去家人的孤独个体重新组合，成了彼此新的家人。我和那个比我大两岁的哥哥逐渐唤馆长为爸，我们之间则以兄弟相称。后来解放了，图书馆改名叫国立北京图书馆，馆长换成了一个共产党员，爸爸和我们一样成了职员。

多么想见到他们。我摸了摸左腿，不知道什么时候，鲜血已经凝结了。这就好，这就好。就是感到饿，好像整个身子都空荡荡的。我吃力地把手伸进口袋，摸到了那件珍贵的礼物，这是用铁丝穿起6枚子弹壳做成的一个手链，上面已经染满我的血。我在手上吐了口唾沫擦了擦，子弹壳上露出了我用刺刀刻下的"成"和"芳"。左边一个是"成"，右边一个是"芳"，中间四个是空白的。我想好了，将来至少要生四个孩子，把他们的名字也刻在上面，我们永远都要在一起。本来我想等战争结束以后，回到北京，就把它送给芳芳，作为我们的新婚礼物。她会喜欢它的。看来，因为这次受伤，我要提前回国见她了。这样说来，也是好事呢。

我必须得找人说说话，失血过多，脑袋像巨石一样沉重，真想好好地睡一觉，但我不能睡着了。很多伤员都是在睡梦中死去了，还有很多人睡下的时候还是活人，别人醒来时，他已经是死人了。我们团有个连，去年冬天的时候，上级命令他们在一个叫死鹰岭的山头阻击敌人。在预定的时间里，枪声却没有响起来，美军轻而易举地通过了死鹰岭，给我们团造成了重大伤亡。军长愤怒地命令团长，立即把那个连长带来，要枪毙了他。团长带上了我，我是团里最有文化的，这件事连志愿军总部都惊动了，还要写报告呢。一路上，我和团长都没有说话，我们都想，那个连队一枪未放，只有一个可能，就是他们集体逃跑了。我们怎么也没有想到，爬上死鹰岭阵地后，看到了一个个人形的雪堆。一百多人的连队一个不少，他们全部趴在那里，枪指向前方，但他们都被冻死了。团长扑上去，抱着一个又一个战士，放声大哭。他们隐蔽在寒冷的雪夜里睡着了，就再也没有醒过来。

我可不能这样睡着了，必须得找人说说话。躺坐在我旁边的是团里的给养员崔胖子，他伤在肚子上，肠子都被打出来了呢。给他说些什么呢？必须说些刺激的，这样他才会有兴趣。我就给他说了我那段不可思议的经历。最初这只是一个传言，是那些被俘的美军士兵告诉我们的。姜永博爸爸教给我的西语在这里派上了用场，我经常客串给美军战俘做翻译呢。最初听到他们说这件事时，我们都嗤之以鼻，觉得这是他们精神错乱下的胡言乱语，他们的脑袋早就被志愿军的喊杀声和冲锋号声撕得破破烂烂。对了，我还曾经遇到过一个土耳其士兵，总是说自己祖上也是中国人。他经常把帽檐从脸上拨开，把脸凑到我们跟前，说，你们看看，我也是黄皮肤黑头发，我也是中国人。他已经疯了。

我把美军的那个传言当作笑话给崔胖子讲了以后，他的身子蠕动了一下，鼻子微微抽动，喃喃地说，那并不是传言，一切都是真的，因为事情发生的时候，他就在现场，他不断从远处向那里奔跑。我当然不相信了，哈哈地笑了。崔胖子急了，转过身子，使劲儿地瞪着我，非要把所有细节都告诉我，好让我相信，他确确实实目睹了那场惊心动魄的事件。

这正是我想要的，我必须在有人找到我们之前保持清醒，我要活下来，我要见到你，芳芳。

崔胖子说，那日的天空突然下起了小雨，没有人知道雨是什么时候开始的，也不知道什么时候结束的，黑夜逐渐覆盖了血液黏稠的大地，远处偶尔有星星点点的枪声和窸窸窣窣的不安。崔胖子当时饿得两眼发昏，本能地爬出战壕，想去附近再翻一翻早被饥饿与炮火横扫过的贫瘠土地。

黑夜里隐藏着无数找不到家的亡灵，他们天天晚上都要在月光下和死去的敌人厮杀。还有活着的人，也在寻找活着的敌人。他们都让人害怕。果不其然，崔胖子刚走了不到两里地，就听见不远处叽叽喳喳的美军，崔胖子说他们的鸟语透着一股屎味。我想这可能和美军配给的午餐肉有关。我们偶尔缴获到美军的午餐肉，吃完肚子就会膨胀。有一次，崔胖子就喝了两口泡有午餐肉的汤，肚子就鼓得像个气球，而且气球不断膨胀，不断增加的气体慢慢把崔胖子带上了天。幸好当时排长在，指挥崔胖子用游泳的姿势游回地面，要不然空中突然出现这么一个目标，多危险啊。后来，崔胖子连续发烧了一个星期，难受至极。也许从那个时候开始，崔胖子对美军变得更加深恶痛绝，他恨透了没完没了的战争。崔胖子没读过什么书，只要是他不喜欢的，他就觉得是透着屎味，比如透着屎味的天气、透着屎味的美军等等。话说回来，那日，崔胖子单枪匹马遇见美军的一个小分队，他下意识警觉地掉头往回走，没走两步，就被什么东西绊了一下，猛地摔了个趔趄。崔胖子仔细一看，顿时吓出一身冷汗，地上躺着的正是不久前来团里送过信的信使小冷，他穿着单薄，已经没有了呼吸。崔胖子使出浑身解数想把小冷从死神的身边唤回来，但一切都已变得徒劳，小冷在这个世界上只剩下身体尚存的一丝余热。崔胖子悲伤地看着这个刚刚年满 20 岁的小战友，俄尔，目光不经意地落在了他长期背布袋子的肩膀和露着细小孔洞的上衣上，它们长着眼睛，在夜光中焦急地对崔胖子说，快去找回那些信，快去，快去。

崔胖子一激灵，再次看了看小冷的肩膀和他上衣上的小孔洞，它们仿佛从未张口一般，恢复了死寂。就在崔胖子觉得一切都恍恍惚惚，转着头下意识地在附近寻找那个装着信件的黄色大布袋时，不远处美军机枪突然开火了。

崔胖子讲到这里，瞪大了眼睛。他说，接下来的事情请我务必要相信他，我是他最好的朋友，别人不相信不要紧，他很在意我的态度。崔胖子说，他看见多如牛毛的中国老百姓不停地从旁边不远处钻出来，这些老百姓一看到那些美军，就猛地扑过去，哭着喊着让他们还自己的亲人，要打倒美帝国主义。他们当中大多数是女人，有上了年纪拄着拐棍的，有抱着小孩的妇女，还有梳着两个麻花辫的学生，来自不同的阶层和地方。我问崔胖子，你怎么知道她们的身份和地域。崔胖子自信地说，咱团里就有不同地方来的兵，口音都不一样，那些女人也是，说话的腔调各不相同，而且他们的穿着也是麻布、丝绸，什么都有，不过他们倒是很团结。听崔胖子讲到这里，我倒是一点都不困了，我和当时的崔胖子一样，非常好奇为什么战场上突然来了这么多老百姓。崔胖子瞪着圆滚滚的眼睛，说，他当时立刻从黑暗中站起来，向已经和美军混战成一团的中国老百姓奔去，半空中飘洒着憎恨与诅咒，一切都显得非同寻常。崔胖子跑啊跑，但怎么都和那些人有着到达不了的距离。崔胖子终于发现了事情的关键所在，那些本不应该出现在朝鲜战场的老百姓不断地从信使小冷一直守护的黄色信袋子里走出，除了女人，还有穿着抗日战争、解放战争时的军装的残疾军人，还有被无数等待和思念所缠绕的望眼欲穿的眼睛。崔胖子说，他甚至在那里看见了自己年迈的母亲，扬着他来朝鲜前亲手做的拐杖向面前的美军表达自己的愤怒。这个场景让崔胖子更加加快了脚步，他顾不得早已透支的身体，不断地奔跑，可是他说，自己无论如何都没能跑到那场中国老百姓和美军的战斗之中。

我想起来了，在半年前的一天夜里，崔胖子确实失踪过一次，我们找了一晚上呢。天亮的时候，在距离战地五公里左右的壕沟里发现了昏迷不醒的他，不远处，还有信使小冷，和装着亲人思念的、早已燃烧殆尽的黄色信袋。

亲爱的芳芳，那日崔胖子讲完之后，他就一直在流泪，我还从未见过一个人会哭成这个样子。上次崔胖子收到家里的信还是一年前的事儿，信里说他母亲病重，早已滴水不进，而那封信又在战火中飘摇了半年才到达了他的手中。崔胖子那次失踪，可能就是去找信使小冷的吧。他每天都在想念母亲。他从讲到母亲的那段开始，已然完全没有了之前的兴奋与得意。他说完这些，便低下头一声不吭了，但他的额头上却渗出了密密麻麻的汗珠。我知道，他正在竭力翻越朝鲜的崇山峻岭，飞越无边无际的大海，要回到老家的破草屋里，看看母亲。我看了看坑道外被炮火照亮的夜，多么羡慕他啊。芳芳，你说，如果那日我也看见了崔胖子所说的场景，是不是我也能见到你呢？芳芳，你从信中走出来，一定是里面最美的一个。芳芳，我爱你。

我能活下来，说实话，还真是靠着你呢。芳芳，芳芳，要从心里咬准字节，轻轻地从唇里说出来，它们在耳朵边飞翔，带着茉莉花香，整个天空都是微醺的……芳芳，你不要担心，我很快就要回到你身边了。

时间并不是很长，半夜的时候，我们听到外面有人喊："同志，同志，你们在这里吗？"我兴奋地倚起身子，兴奋地回应他们："在这里，我们在这里。"来人是志愿军1910部队。后来我才知道，1910部队是一支专门负责通信的部队。这样说来，我仿佛也是乘着一道无线电信号回到了鸭绿江彼岸。我们本想再次登上那辆运输弹药的汽车，然而被炸成碎片的运输车无论如何也没法恢复原样，好在，1910部队从别处给我们联系上了新的车辆。在黑夜里，英勇的驾驶员关着车灯，躲过了天空中美军的飞机，把我们安全地送过了鸭绿江。踏上中国土地的一刹那，我闻到整个天空都飘着茉莉花香，连空气都是甜的。

我在安东进行了简单的治疗，接着被送到了沈阳的大医院继续治疗。作为从前线负伤回国的志愿军，我们受到了热烈的欢迎。我还曾经收到过一名女大学生的来信，表示不管我伤得多重，是否残疾，都愿意嫁给我，愿意用自己的一生照顾英雄。我当然回信谢绝了。我心里只有芳芳，内心世界虽然宽阔无边，但再也挤不进来一个人。在医院躺了三个月，虽然腿还有点瘸，但总算是治好了。老天真是捉弄人，我一天都无法在沈阳再待下去，急着早一天见到芳芳，我立即坐上火车回到了北京，找到了在图书馆工作的姜永博爸爸。当然，图书馆仍然还是图书馆，但它现在叫北京图书馆了。他告诉我，她现在在安东工作。

我应该立即动身去找亲爱的芳芳。然而，由于连日奔波，我的腿又开始疼痛起来。另外，我还身负着另一个重任，那就是作为回国的志愿军英雄，要到学校、机关、工厂做报告，讲述前线将士英勇杀敌的故事。我常常被热情的鲜花所包围，但那些再美的花，都没有茉莉花香。我多么想立即前去安东，早点见到芳芳。我回来那天，爸就告诉我，一年前，她不停地去找组织，坚持要调到离朝鲜最近的安东去。组织最后答应了，把她调到那里的一所中学任教。我知道，她一定是为了离我更近一些，好能看到同一片天空里的星星，然后等我打完仗归来，第一时间就能迎到我。

她肯定给我写过信，告诉我这一切了。只是，战争让部队变得像天上阴云一样变幻莫测，信使们总是追不上部队。我们团已经大半年都没有收到过家人的来信了。因为没有见到信使，我写给她的思念也一直无奈地蜷曲在我的军用挎包里，而且在最后的那次战斗中，被美军的炮弹炸飞，我记得它们变成了一群白色的蝴蝶，在天空中飞走了。请原谅我，亲爱的芳芳，信虽然没了，好在，我终于回来了，虽然以这种连自己都无法预料的方式等待与你重逢。雨后的阳光绕过深蓝色的条纹窗帘如棱角分明的水晶降落在北京图书馆的地板上，我躺在被浆得雪白的床单上，侧着身子，将平整的稿纸摊在床头旁的书桌上，开始给芳芳写信。

芳芳，现在的安东冷吗？会不会和朝鲜一样寒风刺骨？不过，告诉你一个取暖的秘密，在战场上，每当我感到冷的时候，我就会想象和你在一起时的拥抱，一想到拥抱，我就浑身发热。哈哈，你是不是正脸红呢？我就喜欢看你脸红的样子，羞答答的像个粉色的桃子。

那日我给芳芳写完信后，又连续写了很多封，按时间来算，她应该早已收到了我的爱和思念，可是，我一直未能收到她的任何回信和消息，我被困在北京图书馆，一边养伤，一边拄着拐杖被人搀扶着到处做报告。直到可以自由行走，思念如同暴雨般在我的心中肆意降下，摔在地上泛起无数渴求的水泡，这些水泡继而破裂，迸溅的潮水烧灼着我的心。

一直到战争结束，志愿军回国后的第二年，我的腿伤才彻底好了。在我可以行走的当天，我就去了安东，一路奔向了芳芳任教的那所中学。在黄昏时，我赶到了学校门口，透过一大群背着书包的学生和老师，我看到了她优美的背影，头发剪到了耳根，露出天鹅般的美丽脖颈，空气中飘来了浓郁的茉莉花香。我终于可以拥抱我的爱人，她近在咫尺。当我箭步如飞马上就要到达她身边时，眼前的情景突然让我无所适从，我的哥哥，就是陪伴着我整个少年时期一起长大的哥哥，抱着一个出生不久的婴儿，正微笑着看着她，走向她。她跑到他们身边，立刻放下手中的包，小心翼翼地从他的手中接过婴儿。婴儿胖胖的小手摸着她细嫩的脖颈，哥哥看着他们，像看着正在盛开的花儿。一切都在黄昏的光线中和谐无比，只有我，是多余的。我就那么悲伤地跟在他们后面，一路哭泣着，泪水洒在地上，像一粒粒晶莹的盐。

我在他们家的外面徘徊，每天跟着她去学校，远远地看着她。放学时，陪着他们一起回家，站在窗下，看着她做饭，一家人其乐融融。偶尔她会站在窗前发呆。她紧紧地皱着眉头，眼睛里带着绵绵不断的思念，它们从窗玻璃的缝隙里钻出来覆盖了我。我掏出口袋里用子弹壳做的手链，抚摸着我们的名字，泪水滴在上面，天长日久，那些子弹壳被泪水洗得闪闪发亮。我能做什么呢？除了默默地祝福她过上幸福美好的生活，我什么都不能做。

后来我走了，我在中国的大地上跋涉了大半辈子，我去找了那些死去的战友的亲人，握着他们的手安慰他们，和他们一起哭泣、流泪，怀念那些还在异国土地上游荡的亡灵。在静静的月夜，我常常睡不着觉，总是怀念他们，他们现在还会不会在月夜里出来，抱着、咬着和死去的美军厮杀？也许不会，和平已经降临，他们应该在月光下跳舞、喝酒，谈论诗歌，或者女人。特别遗憾的是，我一直想去老贾的家，看看她老婆做梦生出的儿子，告诉他，他有一个勇敢的志愿军爸爸，但我忘了问他家在山西哪个地方。我转遍了整个山西，都没能找到他家，当然也没见到他说的那个会长出翅膀的女孩和他的儿子。

当然，我也一直没忘记芳芳。

关于我和芳芳的故事，其实并没有完，多年以后，我们终于正式见面了。那时的北京图书馆经过改建改名叫国家图书馆了，姜永博爸爸也早已经去世了。又过了十多年，我也搬进了新家，那里既明亮又宽敞。我和当年参加过抗美援朝的老兵们都很喜欢，也非常感谢政府能将我们安置在那里。那天，芳芳穿着一身优雅的黑色半裙站在我面前，我们就那样凝视着，就像当年在国立北平图书馆第五层的书架那里一样，虽然这么多年过去了，芳芳依然带着被知识滋养过的端庄，她再一次与我深情凝视。在看到她的眼眸的那一刻，所有怨恨都已冰释。我像当初一样拿着一本书挡住了嘴唇的位置对她说，我爱她，可是芳芳却仿佛已经无法解读我的含义，也许她故意忘了。她双眼噙满泪水，郑重地向我鞠了一躬。看到她哭，我也忍不住热泪盈眶。我已经不生你气

　　　　　　　　　　　　　　　　　　　　　茉莉　|

了，芳芳。我用尽全力拥抱她，空气中飘动着爱情，它们是茉莉花的香气。

过了好久，我看见远处来了一大群记者，他们年轻而充满活力，就像当年扛着枪去朝鲜战场的我。一会儿工夫，这些记者就架起了好多我见所未见的先进设备，其中一个还举起了话筒，庄严地说着什么，我苍老的耳朵用尽全力仔细听着。

观众朋友们，我现在所在的位置是沈阳抗美援朝烈士陵园，第五批志愿军烈士遗骸已于半个月前完成移交。在五年前大型寻亲节目《我等你》开播之时，一位名叫肖芳的女士就联系节目组，希望找到当年在朝鲜战场上牺牲的未婚夫乾成。通过肖芳女士的描述，志愿军烈士乾成曾写信给肖芳女士，自己用铁丝将6枚子弹壳穿成一个手链，等到回国之后送给她当新婚礼物。没想到，这份牵挂跨越了生死，在半个多世纪后的今天重见天日。在整理志愿军烈士遗骨时，我们发现了这串刻着"成"和"芳"的特殊礼物，此时，我们节目组在帮助肖芳女士找到爱人的同时，也即将一同见证他们的旷世爱情。

我抚摸着芳芳，看着她秀美的青丝变白发，她抱着一个墓碑泣不成声。崔胖子、信使小冷、老兵老贾、班长、排长、团长，不知道什么时候站在了我身边，还有那么多来到这里后才结识的兄弟们也来了，他们静静地站在那里看着她，也开始思念起自己的家人，或许还有家乡的土地。我只是感到有些奇怪，芳芳是在为谁哭泣呢？

我蹲下身，擦擦老眼昏花的眼睛，终于看清了那块墓碑上的字，上面是我的名字。我的脑袋嗡地一下炸了，我死了？这怎么可能呢，我明明活得好好的呢，我还曾去火车站迎接过凯旋的志愿军，还在大地上行走，寻找死去的战友的亲人，我见过白发苍苍的母亲、站在村口眺望远方的年轻妻子、从来没有见过父亲的孩子。这不可能，一定是搞错了。我去拉芳芳的手，但我的手穿过她的身体，像烟一样散掉了。她的手里拿着我用6个子弹壳做的手链，泪水一滴滴地掉在上面，子弹壳上的铁锈在她泪水的滋润下，慢慢融开，露出闪闪发亮的"成"和"芳"。我再次打量墓碑上我的名字，它飞快地旋转起来，整个天地都旋转起来，变成了一个深不可测的黑暗的洞。我想抓住她，但还是没能抓到她，我被吸进洞中，飞快地向深处堕去。不知道过了多长时间，我看到头顶上一片明亮的光，我闻到了厚厚的黏稠的火药味。老兵老贾在我头顶说话："没有用了，他已经死了。"

我像风儿一样飘浮在空中，美军的炮火还在猛烈地砸着阵地，一颗炮弹擦着我的身子过去，灼痛了我的脸。我看到我用的水连珠重机枪已经被炸得四分五裂，机匣盖躺在我的脚下，卷起的铁片上还依稀能看到"M1910"字样，对，它正式名字叫马克沁M1910重机枪，是苏联送给我们来打美国人用的。我看到排长跪在机匣盖的另一边抱着我的脑袋，大声地呼唤着我的名字。卫生员双手按住我喷着鲜血的断腿，带着哭腔看着排长："怎么办，怎么办？"排长站起身来，硝烟包围了他，看不清他的脸，弹片在周围跳舞。他说："运不下去了，就地掩埋吧。"和我最好的给养员崔胖子来了，他一边哭泣着一边给我整理着破烂的军装，他从我的上衣口袋里掏出钢笔，从裤子口袋里拿出我用6颗子弹壳做的手链。收起来，收起来，把它们带回去，带给我的爱人。我大声地冲他叫喊着，但没有一个人听到。排长说："战争结束时，我们可能都不在了。还是让它们和他在一起吧，也许有一天，有人会发现他，送他回家。"

崔胖子哭着抹了一把眼泪，把钢笔和手链放在了我的口袋里。他站起身来，取下身上背的铁锹，准备埋我，但他的铁锹还没取下来，又一颗炮弹落下来，我看到我躺在地上的身体猛地向上蹦起，那条断腿彻底地和身体脱离了，飞了出去，鲜血从空中落下，像一片片花瓣。我装在口袋里写给芳芳的信也成了碎片，在空中飞舞唱歌，我哭泣着在空中抓着，却怎么也抓不到。崔胖子的肚子炸开了，肠子涌出来，他一边用手往肚里塞着肠子，一边冲着排长哭泣："排长，排长，我肚子烂了……"排长趴在战壕里，一动不动，就像没有听到一样。老贾趴在地上，他听到了崔胖子的声音，翻了个身，右侧腹部咕咕地冒着血。老贾一点都不在意，他将脸冲向能看到天空的方向，脸上带着神秘的微笑，也许，也许他看到恋人变成一只黑色的大鸟，抱着那个从梦里带来的孩子，正从故乡飞来吧。我的身子在空中翻了个跟头，重重地摔在地上，被炮弹掀起的土石碎块一层层地落下来，压在我身上，我要与大地融为一体了。这很好。你是从土而出的，你本是尘土，仍要归于尘土。我贪婪地大口大口地呼吸着尘世间的最后的空气，当无边无际的黑暗袭来时，我闻到了茉莉花香。

原载于《青年作家》2019 年第 12 期

地理课

楔 子

我要说的是我在地理课上的事儿。这么说吧，我们的地理老师是迄今所见的最怪的怪人。倒不是说他讲课讲得多么不好，恰恰相反，他的课极有魅力，引人入胜，不过也不是所有人都和我一个看法。譬如我有一个好朋友就不这样认为，她觉得这位老师讲的内容有些多，她记不下重点。

说我们地理老师是个怪人，是因为他在课上课下反复地宣称，他不喜欢地理课，不喜欢，可他又偏偏是地理老师。他不喜欢地理的原因并不是那些知识太过枯燥或者别的什么，而是，那些知识对他来说只是知识，他哪儿也去不了，尤其是世界地理中的那些地名、国度。他哪儿也去不了的原因是晕车，严重的晕车。据说他到省城里上大学可是很费气力，真的是费气力。他本想坐汽车到县城，然后再从县城坐火车，可一坐上通往县城的汽车他就晕得受不了，先后吃下的两粒晕车药也被他吐了个干净。他只得步行前往县城，他的行李由一起的同学乘车带着去。然后是火车，这次的准备更为充分但还是不行，火车仅开出了三站他就不得不走下了车厢……这一经历让他心存余悸，他发誓以后不是极为"要命"的事儿坚决不再坐车，火车汽车飞机轮船都不再坐。

可偏偏他学的是地理。他偏偏，是我们的地理老师。

在课上，他不允许我们在回答问题的时候谈到"车"或"车程"。这是他的怪癖，他承认这点，但又说自己决不改正。他的第二点怪就是不止一次地宣称自己不喜欢地理课，至于第三点怪……他讲到一些关键点，就会把声音放缓，告诉我们说：闭上眼睛，都闭上眼睛，你们设想一下你们现在是在日本、俄罗斯、印度、南非。你们听，你们听，来自周围的声音……当我们（至少我）沉浸在他所讲述的异域的故事中去的时候，地理老师的又一"怪"就会发作，他会突然地抖一下课桌上的大地图，让它发出巨大的声响，然后大声地说道："回来，都给我回来！我刚刚讲的那些考试时用不到，现在，要你们记住的是……"

现在想起来，我对中学时的地理课还是蛮喜欢的。就是有时在上课的时候会悄悄地走神儿，走得很远。

一

我第一次，也是唯一一次从神户须磨浦搭船去大阪，就遇到了台风。港口传来消息，当天的船都被取消了，没办法，我只能拖着行李一路寻找落脚的地方，离海滩近的几家旅店早已被预先看了天气预报的旅客塞得满当。走了两条街，我在一家叫"松风"的旅店住下。一路上，天不知何时下起了雨，雨落在屋檐上、树叶上和光滑的石板路上，滴滴答答，弥散阵阵凉意。旅店老板娘说，这次的台风看样子会耽搁些日子，这是老天爷要照顾小店的生意。说着，她给我安排了靠近庭院西边的屋子，随后，我看见一个斗笠上还滴着雨的老和尚，被旅店伙计领着住进了我的隔壁。

傍晚，窗外的雨从珍珠般洒落慢慢汇成帘幕，伴着入夜的寒冷很快变得如编织绳般紧密，潮气从房间的木制窗棂、榻榻米的草缝和每一处细小的孔洞中逸出，像一滴掉进清水中的墨汁蔓延到我的身体里，这种黏稠的湿气带来的不适感以及此次并无预见的停留使我毫无睡意，打开窗户，我看见庭院里被雨水注满的石井不断向外翻涌着水流，砸在地面上的雨滴泛起水泡与阵阵白雾。夜深了，我靠在窗旁，盘算着台风走后改签的行程。恍惚间，我好像看见有人走近，借着回廊里昏暗的夜灯，我看见一个年轻女子在老和尚的门前停下，正弯腰收手中的纸伞，淡粉色的和服上绣满了樱花，她轻轻地把伞靠在隔壁的门框上，水珠沿着伞面汇聚到伞尖，和服大振袖上的花瓣仿佛也随着伞尖上的水珠一同落到了木质地板上，倏时，女子已经进屋。四周重新恢复了之前的沉寂，好像什么也没发生一样。

　　翌日，雨更大了，据说 21 号台风已经登陆神户地区，至少停留两天。台风带来的恶劣天气使得旅店里没有人离开，也没有新人再入住，房客们一日三餐都由旅店服务员一一送入，有些人在房间里面待久了，就来到庭院四周的回廊里散散步，而我的隔壁，一直门窗紧闭，不见有人出入，昨夜那把挂满雨滴的纸伞就像被雨洗褪色的樱花，依旧孤零零地倚在门框上。

　　闲来无事，我随手翻看着桌上为房客提供的读物，那不是一般旅店提供的当地风土人情的宣传手册，而是几卷不全的《古今和歌集》，麻绳装订着厚厚的黄色软纸，一层薄灰安静地躺在封皮上，罕有被碰过的痕迹。我打开收录在原行平诗歌的那卷，看了几页，发现古文晦涩难懂，不多时，难以抑制的困意便缓缓升腾，让我不经意间打了个哈欠。我合上诗集，上面的尘埃随之腾动起来，在雨气的压制下又纷纷迅速下沉，恍惚间，仿佛刚刚一同合上了诗卷里的缥缈岁月。

外面的雨黏黏的、潮潮的，滴滴答答一刻不停，庭院里的芭蕉被雨打得折断了枝叶，横七竖八地落在一起，让人厌烦。透过窗外的雨，我隐约听到了隔壁房间传来一连串悠远的铜铃声，再仔细听却又什么都没有了，早已消失在阴郁的雨气里，我看见隔壁的门框上徒留一小片雨水洇湿的痕迹，我想那个穿和服的女子应该已经回去了。

当晚，我被钻进骨缝的潮气搅得睡不着，别无他趣，我只得又翻起了桌上那卷《古今和歌集》，读着读着，恍惚间，再一次，我再一次看见那个女子，推开窗户，我发现那把带雨滴的纸伞倚在隔壁的门框上。

第三天，依旧是这样，夜半时分这个女子打着纸伞来，白天却又不知何时带着纸伞离去，那悠远的铜铃声也仿佛一条条毫无声响的肚皮贴着墙壁、门缝、窗户缝，以及一切可以攀缘物体的软体蛇，悄悄地从隔壁传来，一回神却又瞬间化为雨气不复存在……

黏稠的阴雨一口气下了三天三夜，终于在第四天的黄昏败下阵来，老板娘帮我订了翌日去大阪的船票，我简单收拾了一下，穿过两条街，沿着来时的石板路不知不觉走到了须磨海滩，一轮圆月悬在雨后的夜空，映照在海滩上，悠远的铜铃声又一次传到耳边，窸窸窣窣，而这次却没有在我发现的时候瞬间消散，我顺着铜铃声走到了一棵大松树前，却发现住在我隔壁的老和尚早已在这里做着法事，声音正是他手中的铜铃发出的，仿佛从遥远的过去传来，又回到更加遥远的旧岁月里。我并未上前打扰，而是在大松树附近的礁石上安静地坐下来。不多时，我听见老和尚吟诵："啊，别了／去路迢迢／绵绵山岭／阵阵松涛／仿佛是亲人声声呼唤／盼我早日归来／我真想立即返回故乡的怀抱……"

我心中一惊，这不是旅店里放的那本《古今和歌集》中在原行平的诗嘛，没想到老和尚会在此吟诵。他做完法事，径直向我走了过来，也许他早就知道了这些天来我的疑虑，便主动和我搭话，手中的铜铃也不再发出悠远的余音，老和尚说，他已经送完她最后一程。

老和尚告诉我，这些天来，我看到的那个女子，是一个叫在原行平的和歌家被流放此地时，与其相恋的渔家女子松风的亡灵，他们相爱三年，后来在原行平从须磨离开后不幸病故，她听说后悲伤过度而死。松风此次前来是请求其为在原行平祈冥福，并让他们可以在冥界再次相遇。老和尚边说，我们边往旅店走，不多时，我们便回到了旅店门口，一个穿着和服木屐的男人正浪荡洒脱地提着酒壶，一边仰头倒进嘴里，一边大声吟诵刚才那首诗："啊，别了，去路迢迢……"恍惚间，我觉得他仿佛是在原行平，仿佛又不是，我快步走过去拍了一下他的肩膀，此人回过头来——

我惊讶地发现转过脸来的那个人怎么会是……他！

"怎么？不认识我了？"地理老师上上下下地瞧了我几眼，然后从自己的背包里抽出一张世界地图。他用力地抖了抖地图："今天的日本神户地区的课，就讲到这里，下课。"

二

有时，我在想，我怎么会来到了这里？

我怎么想要到这里来旅行？

有时，我又在想，我真的是来到这个陌生的地方了吗？为什么这清晨，这鸟鸣和这阳光，都感觉是那样熟悉？

……

一个和所有清晨一样的清晨，太阳散着松松软软的光，木叶经不住露水的重量，任其自由滑落，刚好砸在了我的右眼皮上，我睁开眼睛，发现噩梦并没有结束。我躺在密林里，被长相古怪的树包围着，这些树木枝叶巨大，厚厚地重叠在一起，遮住了太阳一半的光。有些还生着粗壮的根须，带着不易被察觉、如蜜蜂腿般细小的绒毛，直接从枝干上分离扎进泥土里。我想我应当是在追逐那只鹦鹉时一脚踏进了枯枝朽叶，绊倒在这里的，太阳穴和右半边身体隐藏着偶尔袭来的刺痛感，我扭头看了看手臂，发现那里如同从高处坠落的柿子泛着瘀青，看来，我再一次走失了，还受了伤。

头一天下午，我清楚地记得，游轮停靠在了乌卡亚利河G岸，导游给游客一个小时自由活动时间。没靠岸时她就说，乌卡亚利河岸分布着热带雨林所能见到的一切动植物，同时也隐藏着南美自然界所能制造的一切危险，当然，这句话现在已在我身上得到了印证。下船后，我没有跟随大多数游客去参观不知名的贝壳博物馆，而是一个人漫不经心地四处闲逛。我看见岸边的绿色芦苇疯狂地生长着，有的长得太高甚至弯着腰垂到了水里，几只浅褐色的野鸭在芦苇边扑腾着短小的翅膀，试图飞到更远一点的水荡里去，我站在那里，想到下一站买些秘鲁特产，毕竟导游说了，那将是此次旅行途经的最大贸易市场。

想着想着，我并没有注意到一只鹦鹉正从身后飞来，它敏捷地落在了我的右肩上，我从意识中猛然惊醒，仿佛一股电流瞬间击穿了身体，我用力甩着肩膀，与此同时，那只鹦鹉似乎受到了更大的惊吓，它迅速抖动翅膀逃到了远处的树枝上，脖颈处的羽毛层层耸起，并没有收拢的意思，它又扑腾了几下，屈着腿在树枝上踱步，油绿色的羽毛泛着一圈白色的光，鲜红色的头顶犹如一位绅士戴上了礼帽。我抬起头，看见导游正在我不远处，插在她背包上的那面印有旅行社标志的三角形黄旗在阳光下晃动。

缓了口气，好奇心使我再次转向那只鹦鹉，我走得更近些，发现它比所有一般的鹦鹉体形要大，甚至是它们的两倍，它站在树枝上看我走来，仿佛瞬间收起了方才的冒失与无礼，大大方方地挺立在上面，只是在我马上靠近时，它又飞走了……它飞得很慢，不时回着头，仿佛故意放慢了速度并确认我就在它后面，是的，我就在它的后面一路跑着，我用余光看见导游背包上的三角形黄旗慢慢变成了乒乓球，又由乒乓球变成了一个点，在我尚能看见那个点的时候，我根本没有意识到自己即将迷失在这片原始森林里。不知不觉，我迷路了，四周根本没有路可以走，我只能看见各种长相古怪的树和厚厚的落叶，此时，就连那只会勾搭人的鹦鹉也不知所终。

我走了很久。慢慢地，绝望和饥饿在我体内郁结，逐渐形成了一个巨大的肿瘤，堵在胸口上。此刻，我尽量让自己安静下来，我要找水声，我觉得只要听到了潺潺的水声，就能找到我来时的那条河岸，就能回到游轮上。

果然，在天马上要黑的时候，我听见了水流的声音，那是从不远处的地方传来的，我甚至还看见了导游背包上的那面印有旅行社标志的三角黄旗，我飞速向那里奔去，似乎瞬间脱去了沉重的疲惫感，是的，那果然是面三角形黄旗，只不过它不是属于导游，而是属于一艘木制的有多处修补痕迹的游船，那面黄色的三角形旗被拴在桅杆上，升至顶部。

我爬到那条停靠在岸边的游船上。

"有人吗？"我问，"请问有人吗？"

"有人。"一对老夫妇从船舱里走出来，脸上挂满了笑意，他们把我领进船舱，并给了我热水和食物，他们说很久没见过有人来到这里了，我一边吃一边跟他们唠家常。他们说他们有五个儿子、六个女儿、十三个孙子和十五个孙女，"都非常孝顺"，老头重重地加了一句，而老太太看了他两眼，也学他的样子重复，"都非常孝顺，是的，都非常孝顺"。

之前，他们不在这里。他们，原来也是和我一样的游客。

每年都来，就和年轻时度蜜月一样，这样的光景持续了四十年，而在第四十一年的时候，他们决定不回去了，而是选择长久地住在这条船上，并把船停靠在这里的河岸上。

说着，老人走到了船头，拿起一把小提琴拉了起来，琴声悠扬。老妇人陶醉地说，那是他们年轻时他作词作曲送给她的那首《花冠女神》，她听着听着入了迷，她说他们终于能永永远远地拥有彼此了……

聊了一会儿，我问他们我怎样可以回去，老头说这艘船已经失去了动力，他会找一个朋友为我引路。他把两根手指放在嘴边，吹了一个响亮的口哨，不多时，那只油绿色的鹦鹉飞了过来，我边惊讶，边咬牙切齿的，心想要不是这个家伙，我也不会在这里。可这话我决定不说出来。下船时，我挥手跟老夫妇告别，并恍惚间看到了桅杆上那面标识着霍乱的黄旗。

我跟着鹦鹉走了很久，走到了第二天，我看见远处有几个人影在树木丛生的原始森林里跳动，其中还有那个逐渐从乒乓球变成插着三角形黄旗的双肩包的主人，我兴奋得差点变成乒乓球弹跳起来，我抬头看着那只鹦鹉，突然觉得要感谢它了，此时，它似乎明白了什么一样，独自飞走了。

与导游相遇的时候，她的身边还有五个穿着警服的当地警察，他们已经停了下来，站在一个遇难游客的旁边，这名游客侧着身子卡在了两棵树的根须之间，一根尖锐的树枝插进了他的太阳穴，身体一侧还带着瘀青。我凑到前面去，看着一个胖警察正把他翻过来，就在翻过来的一刹那，我倒吸了一口凉气，这个遇难的游客和我长得一模一样，我对着身边的人大声喊叫，却发现自己失声了。

　　我被四个警察抬着，沉重的脚步踩在枯朽的层层落叶上发出吱嘎的声响，那个胖警察独自走在前面，为了缓解压抑的气氛，他讲起了一个发生在当地的故事。他说很久以前，这里曾发生了一起凶杀案……一对来到四十年前的故地重温蜜月旅行的老人，被载他们出游的船夫用船桨打死了，为的是抢走他们身上带的很少的钱：十四美元。那个船夫说什么也没想到两个老人身上只有那么少的钱。女人七十八岁，男人八十四岁。他们是一对秘密情人，四十年来一直选择一个特别的时间出来度假。——当然，这是他们之间的秘密，他们的家人不知道。他和她，各自都有幸福而稳定的婚姻，而且子孙满堂。

　　那个胖警察讲完了故事，自己却先沉浸了进去，他抬着头，盯着头顶的树叶和阳光看。"拉丁美洲密布着热带雨林所能见到的一切动植物，一切，所有的热带物种在这里都能见到；但同时它也隐藏着南美自然界所能制造的一切危险，今天的课就上到这里，下课。"

三

　　我死死抓着刚抢来的布袋仓皇逃跑，要不是为了父亲的手术费，我决不会去打一个上了年纪女人的主意。我看见那个女人走进孟买古鲁帕尔医院旁边的自助银行，出来时手里拿着一个鼓鼓的布袋，她环视着四周，用头上垂下的沙丽将布袋盖住。当时，我无意识地站在古鲁帕尔医院门口，正为巨额手术费发愁，痛苦与无奈占领了我的皮囊，将我吞噬在黑暗里，离父亲手术的最后期限还有几天，不，或许只有几个小时，再这样拖着，父亲可能连一分钟都挨不下去，我不敢再想。此时，那个女人已经走到了离我只有一两米的地方，就在那一瞬间，我恍惚看见藏在沙丽下的那个布袋里，很多卢比挤在一起发出的迷人的光，那光迅速扩散，毫不掩饰地荡进了我的身体里，还没等反应过来，我的手和腿就接到了预先指令，迅速偷袭了她，闪电般将布袋抢走。现在，我正疯狂地在一条并没有事先设计好或熟悉的路线上奔跑着，耳朵里除了奔跑而大量灌进的风，就是那个女人奋力追赶我的咒骂声，那声音不断在空气中撕扯，引来了路边的执勤警察，随即更多的警察抢着棍棒代替了那个女人竭力地追赶我，我就像一只被狼群锁定的羊，我想我快完了。

　　仓皇不觉的奔跑将我带进了贫民窟附近狭窄的老街，供奉迦梨女神的信徒们整片地坐在庙宇前，等待接受翌日的净洗；道路两旁猫着腰的穷人正热烈地和地摊老板就某件二手物品讨价还价，流浪狗成群结伙地流窜在人群之间，为各自所需而奔波。半空中，一根根简易的竹竿毫无秩序地从街道两旁的居民家中伸出，晾晒着床单、衣裤抑或女人的隐私物品，我好几次在奔跑中差点跌倒，还不小心踢翻了地上一筐正在贩卖的释迦果。果子散发出的清甜气夹杂着贫民窟的骚臭味，迅速随着热空气弥漫在鼎沸的人语中，很快，我的整个胸腔也被这股气味占领，呼吸道犹如一块腌制熏肉，每次呼吸都撒一层盐。我被警察追了四个巷子，双腿就如木偶般机械运动，似乎一个趔趄我就会栽倒在地。

　　我张着嘴大口地呼吸，实在跑不动了，连脖子上的指挥中枢都跟拨浪鼓一样左右不停地晃动，我用余光扫视着周围，发现前方靠左十米处有一家店铺，也许我可以暂时钻进去避避险，然后找一个隐蔽的地下室或直接从后门溜出去。对于一个筋疲力尽的小偷来说，这也许是最好的安排了，但很快我就发现，除了暂避，其他想法好像并不现实。这是一家不足十平方米的正方形店铺，既没有套间也没有后门，甚至连窗户都没有，在店铺门被我突然撞开又瞬间关上后，喧嚣被一同阻隔在门外。黑暗和幽静让我一下子进入了另一个世界，一根冒着微弱火光的蜡烛被放置在店的一角，墙壁上挂满了各种奇异的物件：美洲象的乳牙、高原狼的指甲以及猕猴的胃，还有几个人类的头骨以及一些我根本认不出的东西。正在我气喘吁吁急于寻找脱身的办法时，一直坐在角落里的店主走了过来，她浑身裹着黑色沙丽，向前弓曲的脊柱让头纱直接垂在了地毯上，透过暗淡的烛光，我隐约看见了一双与其朽滞身躯完全相反的充满渴望的眼睛。

那双眼睛似乎可以洞察一切，它微微紧缩又猛地睁大，目光立刻落在了一个挂在墙上的头骨那里，她颤颤巍巍地走过去将头骨取下，从里面拿出了七个色彩斑斓的玻璃瓶。此时，烛火似乎瞬间收起了自己的光芒，变得若有若无微微弱弱，暗黑中，我甚至始终没有看见她的手。

我试探着走过去，她没有看我，而是自言自语："我这里一共有七个瓶子，红色让你拥有世间最美的容颜，蓝色给你长生不老的体魄，黄色为你带来无穷无尽的财富，紫色赋予你永生不死的灵魂，绿色将你变成无所不晓的先知，黑色赐你力大无比的能量。"她每说一句都离我越来越近，似乎马上要贴到了我的脸上，她接着说："红色和蓝色的药水已经换出，现在里面装着交换者觉得自己不再需要之物，而你，我想还是最需要这个透明瓶子里的药水。"说着，她又拿出了一个盛满药水的透明瓶子，并正好将其塞插在了我的领口里，"因为这瓶药水可以让你拥有透明之身，没有人能看见你，比如门口那些正在找你麻烦的警察"。说着，她的眼睛睁得更大了，像一不小心便会坠入的时空深渊。

正在我浑身汗毛像卫兵一样在皮肤上整齐站立时，门外警察的砸门声再一次让我陷入恐慌，店主又一次提醒我，与其说是提醒，我想当时更像是一场精心设计的引诱……她说，只要我愿意，我就会在他们眼皮子底下逃过这一劫，她还反复说，世间有许多我所不知之物，它们和人类近似，正站在时间和空间的交叉口，等待人类不需要的东西，比如一个实实在在的躯体。说着，她眼中除了渴望又加了一层贪婪，此时，警察已经破门而入，一束刺眼的阳光直射到我的脸上，我完全暴露在了他们面前，我不能被关进去，父亲还在等着手术，我怎么能被他们带走，我真的不能，此刻，我唯一的选择，也许那只是哄人的话，但也是我不得不尝试的办法，我迅速拿起夹在领口的药水，一口喝了下去。瞬时，我的脚底轻了起来，一下子感觉不到了身体的重量，还看见了很多站在时空里的透明人，他们好像也很轻，有的飘在空中，有的躺在地上，而面前呈现的，是一屋子满脸不可思议神情的警察，他们仿佛有五秒钟被时间定住一样愣在那里，然后又迅速分布在了这个狭小的店铺里，翻着地毯和墙壁的每个角落，和我一同消失的，还有那个裹着黑色沙丽的店主……

　　我走出店铺，深深地吸了一口气，来到了对面的飞饼摊子，并在几个年轻美丽的正在等待飞饼的姑娘面前做了个鬼脸，在发现她们全部无动于衷后，我坚信，别人真的看不见我了。我为自己新的变化而欣喜，当务之急，便是赶紧回古鲁帕尔医院为父亲的手术费跑一趟。我大摇大摆地走进医院财务室，先是走到每个财务工作人员面前晃了几圈，然后在背对着他们的电脑前坐下，用刚刚瞟见的财务人员登录信息进入收费系统，很快，父亲卡普的住院信息表格里出现了缴费完成的界面。我终于长舒一口气，堵在心口近三个月的巨石似乎也从这口气里呼出来，我趴在财务室的桌子上，看见窗外的树叶闪着光，让人心醉，趴在那里，我几乎马上就要睡着了。突然，我想起一件事，我要把抢来的钱还给那个女人，我是在医院门口抢的，如果那也是救人命的手术费呢。

细思极恐，我立刻奔跑起来，轻盈的身体似乎毫无阻力，我以比平时快十倍的速度向警察局奔去，里里外外找了三圈，我在一个走廊的角落里听见了一个女人的哭泣声，我循声走过去，我认得那个被我突袭的苍老身躯，此时，她已经摘下面纱，全身心投入突如其来的悲伤中，泪水顺着深凹的皱纹向下滴淌，流进了我的心里，我默默地将抢来的钱袋放在了她身边，希望没有耽误这些钱的用处，如果因为钱被我偷了而影响到一个生命的生与死，那我真是谋财害命了。

　　接下来的一周，父亲顺利地进行了手术，他的整个肝脏被重新移植，正在进行免疫抑制药物治疗，我每天都在他的病床旁守候着，期待他顺利度过移植排斥期。然而，当父亲醒来后，我发现所有的一切都和从前处于两条毫无瓜葛的平行轨道上，我站在父亲面前，他看不见我，我双手握着他的手，他感受不到，我对着父亲大声说话，他仿佛只听见了空气流过的声音，我咆哮着在整个医院呼喊，没有人表现出一点不同。此时，我深刻地认识到了问题的严重性，在这个世界上，已经没有人可以感知我的存在，我完完全全变成了空气，一团透明的还有思维的空气……

　　我流着眼泪，飞速向那天逃离的贫民区老街奔跑，迦梨女神庙前的信徒已经净洗完毕，这次我没有踢翻路边的释迦果摊，也没有差点被路边伸出的晾着床单、衣裤抑或女人的隐私物品的竹竿绊倒，第一次奔跑的汗水变成了泪水弥散在空气中，依旧夹杂着特有的骚臭味。我跑了四条巷子，来到了一个飞饼摊面前，几个年轻美丽的姑娘正在等着新的飞饼出炉，一切都以不变的面貌出现，除了那家店。

　　飞饼摊已经是贫民窟老街的尽头，对面除了废墟什么都没有，我在四周慌忙地寻找，一直到天黑了下来，似乎也都是徒劳的，我一块一块地翻动废墟上的瓦砾，鸡蛋大的石块已经耗尽了我的浑身力气，一钩弯月高高悬在黑夜中，绝望和无助成了我的影子，我坐在废墟上，痛哭流涕。倏时，一个貌若天仙的姑娘走了过来，她似乎和我一样沮丧，让我出乎意料的是，她竟然走过来坐在了我身边，并对我说道："你是那个喝了透明药水的可怜人吧，不要惊讶我为什么能看见你，因为我是喝了那瓶红药水，换来世间最美容颜的人，那个可恶的店主用我身边所有的真爱换给了我这副无用的皮囊。"说着，姑娘掩面哭泣起来，"我找那个店主很久很久了，她本是个透明人，我想她一定是换走了你的躯体……"我诧异地看着眼前惊为天人的面庞，说："那么，喝了蓝色药水的人也在寻找她吗？"姑娘悲伤地说："他已经死了，那个喝了长生不老蓝色药水的人，得到了健壮的体魄和不老的容颜，却被换走了神志，他也许没有想到神志对人来说是多么的重要。他在走出这条街后就被汽车轧死了……"

"他不是应当不死吗？"

"不死，是说他不会被衰老夺去生命。"

"那……"此时的我昏昏涨涨。我不知是悲伤还是愤怒，还是掺杂了别的什么，反正，我完全不知道自己做了什么，还该做什么。

就在这时，我觉得看到我从对面的飞饼摊前走过来，在经过飞饼摊的时候我还抽了抽鼻子。——怎么会是我呢？我不是在这里吗？

下意识，我的手伸向自己的脸。不，是我，对面走过的是我的身体！现在，它归那个该死的店主所有啦！也就是说，现在走在我面前的是我的身体，而占它的却是那个该死的店主！

"把身体还给我！"我冲到"我"的身后，"我不要什么透明，我要我的身体，把我的身体还给我！"

我抓住他，或许可以说我抓住了我。你当然能明白我的意思，只是我抓住他的时候感觉怪怪的。

"不，不能。你没有反悔的条件。"被我抓住的"我"竟然想挣脱我，"而且你因为透明而躲过了警察。无论是什么原因，透明都是救了你的命的。"

"不，不，不行……把我的身体还给我……"我死死地抓住"我"，泪流满面。

突然间，我听见一声莫名的脆响，是纸片被猛然抖动的声响："印度，是一个充满神秘的国度，下课。"

同学们纷纷收拾书本，兴致勃勃地想着放学后的美味午餐，我走上前去，帮着老师收拾着尚未折叠好的印度地图。

"老师，下节课您要给我们讲非洲了吧？我在电视上看过。老师，那里真有成群的斑马吗？真有淘不尽的黄金吗？真有很多的金字塔吗？老师，以后有机会，我一定要去非洲旅行。"

有怪癖的地理老师显得不耐烦，他从我手中夺回地图，抖了抖，"小同学，和一个不能出远门的地理老师说这……"他把那张地图弄得哗哗地响，"我不喜欢地理"。

原载于《青年文学》2018 年第 9 期

龙　虾

化　龙

几千年来，民间一直流传着鲤鱼跃过龙门变身为龙的说法。这是真的吗？告诉你，是真的。我怎么知道的？因为我就是一条跃过龙门，从鲤鱼变成了受到万民、万鱼敬仰的龙。只不过我不是主动跳的龙门，而是被意外甩进去的。这么说吧，要不是那日清道夫的无耻行为，化作龙的可就是他了，这个无赖一定想不到最后竟然成就了我。这是真的，你们看看，我那漂亮的、威武的、比最强壮的鲤鱼还要结实一万倍的珍贵的龙尾还没完全长好哩。那日被天火燎完，到现在还疼着呢。

化作龙这等美事，以前我可是连想都不敢想。我原本是出生在顺依河的一条灰色小鲤鱼，这个小可不是说我年龄小。我掉进龙门的时候，已经六十八岁了，我是长得小，小到什么程度？我腹鳍尾鳍一起向后使劲，用尽力气将身体拉直，还不及未成年鲤鱼长度的一半。我要是生在一般的河道也就算了，可我偏偏出生在了离龙门水溅口最近的河道里。龙门山上无水路，顺依河就是跳龙门的最近流域。每年，这狭小的波流里都汇聚了成千上万条精壮的鲤鱼，他们不光颜色鲜艳，肌肉发达，背鳍优美，连鳃部的开合都异常宽大，这可以为它们跳出水面、在空中飞行的时候提供充足的氧气。

　　挤在这样的环境里，我显得更小了，别说漂亮的鲤鱼姑娘，就连生过好几窝的鲤鱼大婶，都不愿意为我产卵，她们说，还指望着自己的儿女将来跳龙门呢，要是遗传了我这身材，就算几条鲤鱼接起来跳，连龙门的门还没看见呢就已经摔下去了。我受尽了同类们的冷嘲热讽，也曾想过离开这个让我伤心的地方，可是，每当我抚摸着自己没发育好的鱼鳍，圆滚滚的肚皮以及短小的鱼尾，想到游到别的流域要经历万苦千辛，我就含着眼泪放弃了。前路凶险，虽然在这里被鄙视的目光与流言缠绕，但生命却也无虞。

　　每年，我就窝在河道里看从千江万海赶来的鲤鱼跳龙门，我被他们的勇气所折服，但同时也觉得他们愚蠢。化龙的我是没见过，但摔死在石头上的，我可见多了，就算没摔死，额头上也难免会落下个黑疤，但就算落了黑疤，这些不怕死的鲤鱼一旦养好了伤，还是会再来跳龙门。我看到过一个又一个年轻英俊的家伙，千里迢迢来到这里，最终变成了伤痕累累的丑八怪回去，即使这样，他们仍然没有死心。你看，那个清道夫又来了。

　　"都给我让开。"清道夫一边晃动着强有力的鱼尾，一边神气十足地吼着，将挡路的鱼啊、虾啊，甚至螃蟹都给吓了一跳，大家纷纷回过头，有的还没反应过来，就被这个霸道的家伙拱到了一边，哼，他还是那个死样子。清道夫是谁？他是条黑得发亮的大鲤鱼，你们理解对了，我说的大是说他体格庞大。他胃口好，一顿能吃几十只小河虾。那些淤泥里的烂螃蟹死虫子，我们连闻都不会去闻，但他却能不管不顾地饱餐一顿。他什么都能吃。有一次，我还亲眼看到他吞下了一块青铜碎片，将他的胃顶出了一个尖角，看得出，他当时难受坏了，在水中和天空不断翻腾，顺依河的水都快被他溅干了。可是，没想到他竟然因为这块青铜碎片掌握了更高的跳跃技巧，那块被顶出的尖角也被他慢慢消化，最终成为了他强壮身体的一部分。他本名叫什么，我们谁也不知道，但由于他什么都吃，时间长了，我们就叫他清道夫了。他每年都来龙门，虽然每次身上都会多出一块伤疤，但也一年比一年强壮，鱼们也都说，以他的条件，终有一天会变成龙的。

每当这个时候，我都暗自伤神。我觉得他品质不好，要是变成了龙，那也是龙里的祸害，同时也会牵累到我们鲤鱼的名声。我这样说，是有根据的，我最了解他。我是一条连交配权都争取不到的小鲤鱼，身长还不及清道夫四分之一。每年跳龙门的时候，就是我最饥饿的时候。与那些准备跳龙门的大鲤鱼竞争捕食，并捕到食，那简直就是做梦。但是，顺依河是我的家，他们都是外来户，只有我知道，每年的龙门水溅口，何处才是跳跃的最佳位置，这个位置会因天时地利而变得不同。他们都尊重我，我自己也知道，他们是因为我能找到这个位置而尊重我。虽然我小，但我也是条鲤鱼，是鲤鱼就有资格跳龙门，更别说占个跳龙门的最佳位置了。每年淡季，我会没日没夜地观测顺风顺水的涡流，并提前根据天象计算哪里跳龙门能借上东风，哪里跳龙门离天火最近，只要鲤鱼跳过龙门，尾巴烧到天火，就可以蜕变为龙。而我的要求并不高，我只想用这个位置换取一百只小河虾，然后将小河虾养在最隐蔽的河沙里。对我来说，一百只小河虾够我吃上大半年了。但你们不知道，找到这个最佳位置并把它把守住，可不是件轻松的事，我还必须蹲在那里直到预约跳龙门的鲤鱼来。

清道夫这个混蛋找我预订过一次，他游到我精心观测的位置上，像巡查一样看了半天，我脸上连忙堆出笑容，对马上就要成功的生意充满期待。

"强壮的、即将化身为龙的大人，这绝对是今年顺依河跳龙门的最好位置。"

　　清道夫一脸横肉，看了看那个位置，用肥硕的腹鳍左右比划着，仿佛他马上就要往上跳一样，然后转过身一脸不屑地对我说："位置我要了。"然后把他吃剩的七十二只小河虾给了我。什么？你说我怎么知道这是他吃剩的小河虾？因为有十五只上面沾着清道夫的口水，二十五只甚至奄奄一息。我一看数目不对，赶忙追上就要离开的清道夫。

　　"尊敬的大人，小河虾还少二十八只。"

　　"哪有预订就付一百只整的？等我化作了龙，还你十倍都可以。"说完，清道夫甩了甩尾巴就走了。

　　可是那年，他跳龙门时额头上摔出了第十六道黑疤，满头是血，在岩石上翻腾了好几下才落到河道里。我看他那副狼狈相，一时心软，也不好再去讨要，就放了他一马。没想到今年，他养了养伤又回来了，非但绝口不提欠我二十八只小河虾的事，还直奔我精心选好的位置，一句话没说就用他肥硕的屁股一下把我拱了出去。

　　我可是为梅梅鲤鱼占的位置，梅梅鲤鱼不仅长着让所有鲤鱼都想多看两眼的红金色背鳍，游起水来摇曳多姿，还是鲤鱼们爱慕的对象。来到顺依河，她谁也没找，唯独找了我，预付二十只小河虾。嘿嘿嘿，小河虾上还带着她的香气呢。可梅梅鲤鱼还没到，位置就被清道夫这个混蛋抢走了。我气不打一处来，去年我还没找他算账，今年又明抢豪夺，为了这个位置，我不知跟多少同乡的鲤鱼打过架，还被掰掉了三片鱼鳞，我可不能再被这无赖欺负了。

　　"你这个无赖，还我去年的小河虾，把位置让出来！"我一边喊，一边捶打清道夫背部坚硬的鱼鳞。

　　清道夫早已沉浸在马上化龙的紧张之中，任凭我在旁边死缠烂打软磨硬泡，他都毫不理会。不多时，黄河天际的滚滚云团层层打开，向外放射一道道金光，我知道跳龙门的吉时已到。此时，清道夫用尽全身力气，不断向后缩，让自己变成了一根马上要离弦的箭。不能让他就这么跑了，我一口咬住清道夫的一根鱼须，瞬时跟着他一起飞向了天空。

一起飞，我就后悔了，我疯了吗？为了点小河虾连自己的命都不要了，你说什么？我是想借这个无赖的光变成一条龙？变成龙我当然想，但谁知道他是摔死还是化成龙。天地良心，那一刻我确实只是想要我的二十八只小河虾。我紧闭双眼，死咬着鱼须，随着他不断升高，心里充满悲伤，这下我完了，清道夫顶多在额头上多摔出一道疤，而我呢，我这么小，一定会摔得粉身碎骨。也许是我太怕了，我越咬越死，疼得清道夫在空中左右扭摆，又打起了圈，瞬间，鱼须被我咬断了，他的尾巴又击中了我的脑袋，我被甩向更高的天空。我做梦也没想到，我竟然被他直接甩进了龙门，一团天火迅速燎到了我的屁股上。哎哟哟，那团可爱的天火烧得我那个疼啊。我还以为自己死了。我的身体以水花落地的速度迅速膨胀，从屁股到头顶，熊熊天火灼烧着我的每一寸鱼鳞，它们不断变大、变硬，还有了亮色的光泽，头上的四根鱼须如千年古树的藤蔓从身体里迅速爬出，我光滑的肚皮上硬生生地冒出了四只脚，脚上长着又弯又硬的指甲。

天啊，我这是在化龙吗？龙长得好恐怖啊。我看着自己奇怪的身体，带着满身的痛吓得晕了过去。

封 龙

就这样，我第一次生出了脚，并用脚走起了路，我可不习惯这么快就用刚长出的细嫩的脚掌走路，我还试着用我鼓鼓的肚皮左右摇摆，就像我还是条小鲤鱼一样。可是我离开了水，被带到了龙王司的大殿上，无论怎样摆动都是原地不动。我现在是条龙了，只能学着其他龙的样子用新长出的嫩嫩的脚掌走路。

我见到的第一条龙叫哈腰，他在龙王司长身边当差，本来有别的名字，因为在司长大人面前总哈着腰说话，而被改名叫了哈腰。他领着我在前面走，我小跑着跟在后面。虽说日后见过很多比他还要大上几倍的龙，但哈腰粗壮的背脊和闪闪发着深绿色幽光的鳞片，还是第一次让我感受到了龙的威严。他哈着腰，头几乎低到了胸脯，背脊高高耸立着。我学着他的样子，也将头垂到了胸脯。很快就来到了龙王司长面前，大殿的两边早已来了许多龙，我站在了队伍的最后面。

"这就是今年跳进来的龙？"

"回司长大人，这正是今年跳进来的龙。"

"屁话！你见过这么小的龙？"

"回司长大人，没见过这么小的龙。"

"什么话！"

龙王司长斜着眼睛："真不知道你是怎么跳上来的，就是想破了脑袋，我也想不到会有这么小的龙……算啦，反正就这样了，又不是我的错。"

第一次看见我，大殿上或立或卧的龙就开始窃窃私语，早就憋了一肚子的笑，听见龙王司长这么说更是大笑不止。我到底比他们小多少？如果他们是清道夫，那么我就是小河虾，还不够其他龙塞牙缝的呢。我看着他们这样一个劲儿地笑，也跟着尴尬地笑了起来。我站在最后一个，觉得自己更矮更小了。大殿里不屑的唾沫星子从那些高大的龙的嘴里喷出来，钻进了我的鼻孔里，我不禁打了一个喷嚏，清道夫的半根鱼须一下子掉了出来，还不甘心地在地上蹦了两下。

"这是什么？"龙王司长的问话又在我耳边炸起了雷，他的脸和龙王司的通天立柱一样，完全埋在了云朵里，我只能看见大殿正前方坐着一个巨大无比的龙身，肚皮上长着饱满的褶皱，龙鳞闪着七色彩光。我深吸了一口气，鼓起勇气说道："这是……这是带给您的……带给您的礼物。"

"礼物？屁话！快拿来我看看。"我立刻从地上捡起了还带着我的口水的清道夫粗大的鱼须，迈着刚刚学会的龙步向龙王司长走去。我自己都不知道怎么会想起，将清道夫的鱼须说成了礼物。此时大殿里变得安静下来，所有龙的目光都注视着我，那是一条快有一棵小树树干般粗壮的鱼须，如果这次跳进龙门的不是我，而是清道夫，我敢打包票，他绝对是这大殿里包括龙王司长在内最高大的龙。

我将清道夫的鱼须呈给龙王司长后，突然为自己的行为感到害怕。龙王司长应该也是多年前跳龙门化作的龙，他会喜欢一条鱼须吗？万一不喜欢……我学着哈腰大人的样子，哈着腰用耳朵仔细听着龙王司长的动静，因为我根本看不见他耸入云层的脸。

咔嗞、咔嗞、咔嗞，龙王司长有力地咀嚼了几下，嗖的一声吸进喉咙咽了下去，之后他停顿了一会儿，吧嗒着嘴，不慌不忙地说：

"给他一颗龙珠。"

听到龙王司长这样说，我发现大殿里的龙都很羡慕我，站在队伍后面的几条龙甚至有些眼红，因为前排的每条龙左上爪都握着一颗龙珠，而后面的龙没有。后来我才知道，新化的龙必须经过二十八道历练才能被赐到龙珠，下到江海。而我，一条站在龙王司大殿上体形最小的龙，在进入大殿的第一天便莫名其妙地得到了龙珠，虽然是所有龙珠中最小的一颗。

我再一次回到凡间，已经是第二年的事了。忘了跟你们说，

龙 虾

这里遵循着天上一天地上一年的说法。我被分配到了汨水和罗水汇聚的地方——大丘湾，这里并不是大江或大海，而只是一个湾，一个所有龙都认为和我娇小身材最匹配的小水湾。

而现在的我，对世界的看法不一样了，化作龙这件事让我在凡间有了尊严。

我正站在大丘湾上方低矮的云朵里，准备作为一条龙、一条即将称霸一方的龙的第一次起跳，一定要做漂亮点。我左边试一试，右边试一试，是让我骄傲的龙尾先入水看起来比较威严，还是让我自信的龙头划过水面比较威风，抑或是，我的龙脚？就用我的龙脚，水里的鱼都没有脚，而我，作为一条即将受万鱼敬仰的龙，只有我有脚，他们会羡慕死我的。我一个跳跃，四只龙脚稳稳着地，大步流星地迈着龙步向水中走去，就在我马上要走进水里时，河岸的另一边，一只顶着白壳的小乌龟也迈着稳健的步伐，还先我一步走进水中。他既没看到我这个站在一旁即将统治整个水域的威武的龙，也没看见我身后竟然还站着一个人。

这个人和那只不长眼睛的小乌龟一样，也没有发现我的存在，背对着我在岸边吟起诗来。要是放在从前，我会被这人吓得屁滚尿流，但我现在作为一条龙，一条威武的、受万民和万鱼敬仰的龙，我要戏弄一下这个跑到我地盘上背诗的老头。我准备从他的背后突然出现，吓一吓他。我压着龙步缓缓走过去，试图不让我娇嫩可爱的龙尾扫到岸上的砂石发出声响。我一步一摇晃，在我粗壮有力的龙须马上就要够到他时，没想到这个老头竟然走了两步一下子跳进了河中，水花溅了我一身，咕噜噜噜沉到水里去了。

进 宫

在那个老头跳进水里后，我有些沮丧，眼看吉时已到，我也跳进了水里。在水中进行一番寻找后，终于在龙珠的指引下找到了龙宫。我敢说，这绝对是世界上最敷衍的龙宫，和龙王司的气派程度简直没法比，和一般的鱼家大户也是比不了的。大门的四根立柱塌了一根，破败的大殿上长满了水草，四周黑漆漆的，和我在顺依河藏小河虾的地方差不多。我进到里面，没游几步就在一个杂乱生长的珊瑚丛里发现了龙椅。我想这珊瑚丛一定是以前的龙王从哪个海里移植过来的，养在这里倒是长得越来越像海草了。我摆动了几下骄傲的龙尾，试着将龙椅扫个干净，没想到一窝刚出生的小蟹被我顺势扫了出去。

"来者何、何、何人？竟敢私、私、私闯龙宫？"我一回头，一个穿着旧河螺壳铠甲的老螃蟹突然跳了出来，他显然还没有睡醒，所以他蟹钳挥动得很是滑稽，竟然对着的是龙椅对面镜子的方向……当他慢慢看清我的龙颜后，好像突然变得心虚起来，瞬间为自己刚才的行为感到后悔，我察觉到他的十只蟹腿颤抖着在水中发出了淡淡的波流。

我微微张开嘴，有意从牙缝里挤出声音，告诉他，这位置是我的，只能是我的，我说得低沉缓慢。话还没说完，这只老螃蟹就以迅雷不及掩耳之势跑掉了，当然他没有忘记抱起刚刚被我骄傲的龙尾扫掉的那窝小蟹，我猜这是他的重孙。我看见他逃跑时被几根水草绊倒，撕坏了身上的河螺壳盔甲。

作为一条龙，一条一进龙王司就得到了龙珠的优秀的龙，我竟然被分配到了这种地方，正当我失落地坐在龙椅上时，不远处传来了越发清晰的响动，泥沙随着响动声滚滚而来，卷起了腐败的水草，倏时，龙宫的两侧站满了虾兵蟹将，他们穿着和老螃蟹一样的旧河螺壳盔甲，手里擎着尖利的鱼骨。鱼骨和盔甲在水波间发出沉闷的撞击声，我看见刚刚跑走的那只老螃蟹站在了打头的位置，旁边还跟着几只年龄大些的河虾。我立刻扬起头，端端正正地盘坐在硕大的龙椅上。话说这个龙椅可是真的大，三个我坐上去都绰绰有余。整个龙宫，让我最满意的就是这把龙椅了。

"你说他是龙？"

"他说他是龙。"

"那他就是龙？"

一只年长的河虾和那只老螃蟹在一旁小声议论起来，我装作完全没听见的样子，漫不经心地把龙珠从嘴里吐出来，拿在手中把玩。龙珠洁净如玉，里面好似流动着水润的波流，夺目光泽瞬间照亮了整个破败的龙宫，我专注地欣赏龙珠，仿佛根本没看见下面惊奇的目光，也没听见他们的议论。

"他真是龙，他有龙珠。"

"他那么小，竟然是龙。"

"我早知道他是龙。"

"你怎么知道他是龙？"

"因为我看得出来，他是龙。"议论的声音此起彼伏，质疑慢慢变成了肯定、赞扬，甚至带有小小的吹捧和奉承。我从未如此得意，不自觉地翘起了四根龙须，头也扬得更高，我觉得我在不断变大，整个龙宫都快装不下我了。我清了清高贵的嗓子，下面立刻变得安静下来。我看见不仅有虾兵蟹将、鲤鱼、鲫鱼、胖头鱼，甚至乌龟都来了，刚刚还来看热闹的这些家伙，现在都俯首帖耳地向我鞠着躬以表敬意。在那些乌龟当中，我一眼就看见了那只在河岸上没长眼睛、先我一步迈进河中的小个子。

"你，叫什么名字？"我用灵活的龙须点了点那只顶着白壳的小乌龟。

"我叫遐迩。"

"你，第一次见到我吗？"

"我不是第一次见到你，但第一次见到了人类给你的贡品。"

原来他只是装作没看见我。这只狡猾的小乌龟，还说人类给我送了贡品。我突然变得喜不自胜，当我还是顺依河的小鲤鱼的时候，为了招揽找我预订跳龙门位置的鲤鱼，我不止一次告诉过他们，如果当了龙王，不仅可以统治一方水域，每年还会收到人类的进贡，原本只是我忽悠鲤鱼的托词，没想到我当上龙王的第一天真收到了人类的贡品。那是什么呢？我立刻学着龙王司长的语气拿着腔调说："贡品？屁话！快拿来我看看。"

小乌龟不慌不忙，慢腾腾地向我走过来，就像在河岸上一样漫不经心，他走过看热闹的老幼鱼群，绕过多年未组织过训练的散兵游勇，穿过没精打采的螃蟹大军，马上就要走到我面前时，刚好踩到了一只河虾的须子。小乌龟和这只河虾都有些不高兴，双方眼中冒着愤怒的火焰，好像马上要大打一架，一转身，遢迩又准备先不管这些，继续往我这边走。我早就准备好了，等着他将贡品拿给我看。这是一个历史性时刻。遢迩伸了伸四只短小的龟腿，迈上龙椅下面的基石，一步一步地向我爬来，他将一只脚搭在我的龙身上，为了听清楚这只小乌龟的回答，我特意俯下身子，注视着遢迩。遢迩不慌不忙，告诉我说："报告龙王大人，贡品我拿不动。"

哼！我气不打一处来，拿不动不早说，让大家等了这么长时间！我真想一脚踩碎遢迩瘦小的龟壳。这只小乌龟，第一次假装没看见我也就算了，我这个受万鱼和万民敬仰的龙王，一天之内竟然被他戏弄了两次。就在我伸出龙爪准备给他一下时，遢迩又张开嘴缓慢地说："报告龙王大人，那件贡品漂到了不远处的荷花丛中，我可以带您去看。"

我的好奇心战胜了愤怒，让小乌龟带路，前去荷花丛中。

你们一定想不到，遢迩说的人类的贡品竟然是那个在我地盘上背诗的老头。虽然和传说中向龙宫进贡童男童女比起来，这老头的年龄大了些，但这毕竟是人类的一片苦心。作为一条体恤万民、为万民着想的龙王，我是不会计较的，不光不会计较，我还要将龙珠放进贡品的口中，我可不想让那些馋鱼饿虾们吃了他。我要将这老头裱起来放在龙宫里，纪念我从第一天登基起人类对我的臣服。

后来，遐迩还打听到，这个老头还是楚武王熊通之子屈瑕的后代呢，曾当过三闾大夫，想必也是很大的官儿。说实话，听了遐迩的报告，我还有点战战兢兢呢，我何德何能，人类竟如此厚待我，送来这样的大礼，确有诚惶诚恐之感。我专门让老螃蟹负责，用上等的河树在龙宫里建造了一座富丽堂皇的房间，用最美的水草装饰，把老头裱起来，挑选身姿挺拔的虾兵蟹将守着，只有每年这一日开放，供虾鱼蟹贝瞻仰。

得　意

为了讨我欢心，这些虾兵蟹将可是用足了功夫，老螃蟹当天就带来了几千号子孙前来修缮我那破败的龙宫。没错，就是那只被我吓跑的老螃蟹，我赐他名字叫快腿。快腿一着急就磕巴，特别是跟我说话的时候。他是龙宫最老的护卫，这个职位是他太爷爷的太爷爷传下来的。他告诉我，大丘湾由汨水和罗水汇聚而成。汨水本是通往南边的大海，几十条江河都由此入海，这里以前也住着龙王，而且非常霸道。由于地理位置特殊，他要求所有通过此地去大海产卵的鱼群必须向他进贡，那数额可不是一点半点。常年下来，闹得其他江河的龙库都亏空了。快腿指着龙椅旁边正在被蟹卒们修剪的珊瑚丛说："你看，这些珍贵的珊瑚，就是当年的贡品，听说累死了一万多只螃蟹才从大海运到这里。老龙王的贪婪，后来被龙王司查了出来，龙王司长一怒之下将所有能搬走的赃物都没收了，并把河水改道，这里就变成了现在的样子。"

"那老龙王呢？"我问道。

"老龙王被贬成了一条鱼，一种从来没有过的鱼，叫大鲵。没有谁再见到过他，也许见到了也认不出了吧。不过，听人类说，大鲵，是种特别的美味。"

"你说什么？"

"不不不，尊敬的龙王，我的意思并不是，并不是说……哎呀，那些人类太可恨啦，他们竟然喜欢吃被贬了的龙……"

"你是说，不能吃？"

"是是是，当然不能了。那些被贬了的龙虽然本质上变成了其他物种，虽然美味无比，是鱼中最好吃的……啊，不不不，人类太可怕了，他们不该吃那些大鲵……"

快腿突然有些崩溃，他觉得在一条真正的龙面前讨论被贬的龙的命运，特别是后来被人类吃掉的故事是对眼前龙王地位的威胁，他吓坏了，一句话也说不出来了。

而我呢，竟悄悄地咽了一嘴的口水。听了快腿这么说，也不知道为什么，我特别想尝尝这新物种的味道，我早就听说过有种鱼，和龙长着同样的四只脚四只爪子，是非常难得的美味。那天吃饭时，炊事蟹们押上来了鲫鱼、鳜鱼、清江鱼，还有河蟹、河虾、小河螺，另外还有水草、水花、乌龟蛋，每种食物都分大中小三个种类，这些食物我都见过，根本提不起一点食欲。我昂着高贵的龙头，在这些食物旁边走了走，看了看，还拿起一只大个头的鲫鱼闻了闻。旁边站着的炊事蟹挨个低着头小心翼翼地站成一排，领班蟹时不时地抬头寻找我的目光，揣摩我的表情。没有那种传说中的肉质细嫩味道鲜美的大鲵，我当然不满意。我装作若无其事的样子捏着手里的那条鲫鱼尾巴左转几下，右转几下，背对着领班炊事蟹自言自语地说："鱼吃跳，猪吃叫，这鱼既没有长腿，也没有爪子，连头身比例都这么不协调，一定不好吃。"说完，我将那条鲫鱼故意扔在了领班蟹的脚边。领班蟹缩了缩头，我听见他的两只蟹钳颤抖地小声碰撞，不一会就灰溜溜地退下去了。

第二天，餐桌上除了第一天的餐食外，在摆放鱼的那排，我一眼就看见了我想吃的龙，不不不，想吃的大鲵，他的脚和尾巴用河里最强韧的水草绑着。我迅速走过去，可是一到他身边，我就有些犹豫了。这条跟鱼似像非像、带着几分龙相的傲慢的家伙虽然现在无法自由行动，但却目光如炬，毫无惊恐、害怕、畏缩的神情，反而一副看透一切、不惧生死的样子。他不反抗、不恭维，安安静静地趴在餐桌上，从他镇静的眼睛中我似乎看到了威严。我命令手下赶紧给他松绑，还告诉他们，这么威武的鱼不适合做食物。从那天起，龙宫大门口多了一个体形庞大的大鲵护卫。我不知道我为什么要这么做，但我知道我这么做一定是对的。如果能让下面的虾鱼蟹贝揣摸到你的意图，那作为一个龙，还有什么神秘可言？如果不让他们揣摸到，最好的办法就是做些连自己都不知道为何要这么做的事情。

做龙做王的日子太舒服了，舒服得甚至让我忘记了龙的职责。其实也不能这么说，我到龙王司第一天就得到了别的龙梦寐以求的龙珠，龙珠让我变成了一条真正的龙，虽说有了龙的身份，但从来没有人教过我到底怎样做一条龙，直到有一天，我收到了龙王庙捎来的口信，催促我去给人类降雨。

听到这个消息，我变得忐忑起来，我端详着水中的自己，仿佛看到几百条鲤鱼在心脏的位置争相跳动，一会儿跳到了头部，一会儿跳到了四只龙爪的爪尖，他们不作停留，又跑到了龙须子里。当我还是顺依河的小鲤鱼的时候，我毫不夸张地告诉过那些想跳龙门的鲤鱼，只要变成了龙，打个喷嚏就是瓢泼大雨。可今天，当我真的变成了龙，一条意外烧到了天火但从未受过训练的龙后，我第一次感受到了作为大人物的焦虑，我不能像还是小鲤鱼时那样遇到麻烦就逃之夭夭，就像当年在顺依河占一个位置需要向河仙上缴十只小河虾，我每次要么篡改上缴记录，要么瞒天过海用别人的小河虾充数，都能顺利避开河仙的追查。可是今天，所有虾鱼蟹贝都看着呢。作为一条龙，无论如何，我都要下点雨才能保住作为一条龙的尊严。

我拖着在虾兵蟹将眼中巨大的龙尾，抖动着如同千年古树中生出的四根龙须，骄傲地钻出水面，很快就到达了大丘湾上面的低矮云层，当确定其他鱼蟹都不在云朵里时，我看着水面，发现自己又变小了，变回了那只经常被嘲笑、被欺负的鲤鱼。这是我的第一次降雨，我用龙须骚弄着自己的鼻子，想打个喷嚏出来。可我越是着急，就越打不出喷嚏。也许是我跳得不够高。我用力扭动身子，向云层中一跃，没想到在跳跃的过程中，竟徐徐下起了一片小雨，但无论从雨量还是覆盖面积上，都不及别的龙王的一半。

虾兵蟹将们趴在水边的浅石上，排着排、摞着摞，仰着头观看我的第一次降雨。俟时，一阵小雨降下，他们欢呼起来，一个个跳得老高，有一只螃蟹兴奋得一时脚滑，摔进了水里。虾兵蟹将欢呼了一会儿后，个个又抬起了头，等待我继续降雨。

可是，你们知道，我是从鲤鱼意外变成的龙，根本没有练过跳龙门需要的高超的弹跳技术，此时，我又使出浑身解数，在云层里跳跃，可是无论我怎么折腾，也只是和刚才一样降了那么一丁点的雨。

每当我降一点雨，下面的欢呼声就响了起来，只是雨越来越少，叫嚷助威的声音也越来越小。

就在我一筹莫展的时候，我看见大丘湾两岸的人类陆陆续续地往河中投东西，一边投，口中还一边念念有词。那东西棱角分明，像是被叶子包裹着的大菱角，一个个沉入水中冒着晶莹的气泡。它们不停地堆积，似乎已经堆满了两岸的水域，马上就要露出水面了。从云朵里向下看，如同两条顺河而行的墨绿色绸带将河水夹在了中间，水中还有很多小乌龟在费力拖曳，往更深的水里搬运。看到这些，我敏锐的头脑突然灵光一闪，想到了一个解决困境的好主意，我一转身，迅速跃回了水中。

　　虾兵蟹将们还在仰着头等待看我接着降雨呢，可他们没想到，我这就回来了，跟着一起回来的还有我的愤怒。

　　"人类在河岸砌了两道墙，你知道吗？"

　　"报、报告龙、龙王，知、知、知道，不、不、不知道。"负责安保的老螃蟹快腿听到我的训斥，立刻从看热闹的蟹群中急忙跑过来，先是快速点头，不一会儿又快速地摇起头。

　　"到底知道不知道？"

　　"报、报告龙、龙王，那是、是、是食、食、食物。"

　　我甩开一跟我说话就结巴的快腿，径直来到了掌管食物的领班炊事蟹面前，浅石上密密麻麻摆了好几层的鱼群还没来得及疏散，有一半就被我愤怒的火焰吓得晕了过去，甚至还有几条胆子小的鱼翻了白，肚皮朝上漂了起来。领班蟹看我气势汹汹的样子，后退了几步，吓得说不出话来，他缩着头，两只蟹钳不停地颤抖着。我问了半天，这个胆小的家伙才吞吞吐吐地挤出几个字，他说那是贡品。

　　我挺着骄傲的龙身、昂着高贵的龙头转身就往贡品部游去，硕大的龙尾在后面威武地摇摆，我故意轻轻扫了一下领班的炊事蟹，这个不停颤抖的家伙可经不起粗壮龙尾的问候，一连打了好几个跟头，翻进了远处的淤泥里。作为一条统治一方水域的龙，我再也不是被人呼来唤去、渺小到死的小鲤鱼，我找到了尊严，略施小计便转移了他们的注意力，让所有鱼蟹几乎忘记了刚刚兴致勃勃要看我降雨的事情，我现在得意极了。

波　澜

我继续矜持着自己小小的愤怒，游到了贡品部。忘了跟你们说，自从上次那只白壳小乌龟遐迩带我找到了人类奉上的第一件贡品后，我就封他做了贡品部掌事。这个小个子还真是能耐，短短几个月时间，竟然把所有背着龟壳的家伙都召集了起来，成了自己的手下。整个贡品部忙得不可开交，所有乌龟的背上都驮着一个人类投进水中的"大菱角"，不停地往龙宫的仓库里运。我装作余气未消的样子质问遐迩，为何没有上报此事。

遐迩大老远就听到我的问话，虽说他当了掌事，但还是一副漫不经心的样子，似乎没有听清楚我的话，他往前伸长了脖子，确认是我，受万民、万鱼敬仰的龙王在唤他，才又将长长的脖子收回来，开始从成山的"大菱角"堆上往下爬。他先绕过容易割到自己脚的包在"大菱角"外被水泡得已经张开的叶子，然后伸开四肢用腹部龟壳在大个儿"大菱角"上滑行了一段距离，等四脚落地后又踩到忙着搬运贡品的乌龟背上，跳了二十几下才来到我的龙须下面。这个小个子使劲儿向上扬起头，我很配合地低下头，没想到他的一只脚竟搭在了我骄傲的龙鼻上。他说，他可是一个非常负责任的掌事，一定要等查好了贡品的数量，才能呈报给我。这个小个子说着说着，竟然悄悄地把另外一只脚也搭在了我的鼻子上，他又说，已经派乌龟出去打听了，这些"大菱角"是人类用箬叶包的江米，从我成为龙王的第二天，人类就开始进贡了。

从那天起，我发现自己真的是一条同时受人类和水族生灵敬重的龙王，那些源源不断投到大丘湾里的贡品，到目前为止，已经连老龙王留下来的巨大龙库都装不下了，快腿正带着子孙连夜建造新的龙库。作为一条受万民敬仰并体恤万民的威武的龙，有好东西我当然不会独享，我吩咐小乌龟遐迩往龙库运送江米的同时，还要保证大丘湾的每个水族都能吃到。没想到，又过了几个月时间，他们因每天都能领到江米，鱼口数量不断增加，早已超过了之前的数倍，而这方水域也因为有我，一条受万民、万鱼敬仰的龙的存在，人类再也不敢到河边打鱼钓蟹。河蟹们甚至还发明了一种以前看似非常冒险的游戏，成群结队地到人类经常出没的河滩上摔跤。有一次，人类的几个孩子将正在举行摔跤比赛的几十只螃蟹一网打尽，正要带走时，被急忙赶过来的其他人类训斥着又放回了水中。从那以后，我在整个水族的威望正式树立起来，直到来到这里的第二年整，龙王司派人下发了一条整顿通知。

　　什么？你说我是不是犯了什么错？我让整个大丘湾如此兴盛，我会犯什么错？我自信满满地等待通知的到来，没想到送来整顿通知的是我见到的第一条龙，也就是带我走进龙王司大殿的老朋友哈腰。我开心极了，站在龙王殿外迎了好长时间，可是哈腰一到龙宫，连招呼都没打就掠过我，一屁股坐到了我的龙椅上。他可真是一条身材庞大的龙，我坐起来绰绰有余的大龙椅竟然只够哈腰搭个边，根本无法将整个龙身完全坐下去。这一次我见到的哈腰，仿佛完全变了一副模样，他趾高气扬地抬着巨大的龙头，连同之前哈着腰高高隆起的背脊都挺得笔直。他一句话也没说，一坐下就盯着我龙椅旁边早已被快腿修剪好的珍贵的珊瑚看了起来，仿佛在天上也从未见过这样精美的摆设。他看了看珊瑚，又看了看我，从头到尾将我打量了一番，似乎在对我说，我这么一条窝在小水湾里的龙，根本就不配拥有这样珍贵的珊瑚。

我想跟哈腰说些亲热的话，可他冷漠的样子却逼迫我把话又憋了回去。此时此刻，我不自觉地在哈腰面前低下了头，仿佛比他在龙王司长面前还要低。我突然明白，无论我在大丘湾如何风光，让水族多么富饶，在别的龙面前，我依旧是不值一提的小人物，就跟我的身材一样，即使变成了龙，也是龙里的小个子，如同塞牙缝的小河虾那样微不足道，他们不会相信我能干出什么，有没有威望。当我领会到哈腰的意思后，我命螃蟹大军用蟹钳把珊瑚全部剪下来，送到了哈腰的龙尾处，哈腰用巨大的龙尾卷起珊瑚，把龙王司下达的整顿通知书扔在地上，一句话没说就走了。

虾兵蟹将们在一旁张着大嘴尴尬地看着我，也许他们从未想到他们敬重的龙王在别的龙面前，竟是如此窘迫，在整顿通知书扔到地上的一刹那，一同掉下去的，还有我的尊严。我弯下腰把通知书捡起并打开，这是龙王司发第 346264338 号令：大丘湾水域云量丰沛，一年时日，竟无充足降水，责罪龙王一个月内缴清鱼蟹一千石，以观后效。

一千石？在一旁伸长脖子的快腿看到通知后，直接晕了过去。一石等于体形中等的河虾或河蟹十只，一千石岂不是要让大丘湾的整个水族都覆灭吗？我突然为自己那日轻而易举就获得龙珠而后悔，如果没有得到龙珠，我一定会好好学习作为一条龙应该如何降雨。这下怎么办？作为一条小鲤鱼时，我略施小计就可骗过河仙，作为一条龙，却无法躲过龙王司的账本。

尽管我竭力封锁消息，可整顿通知的消息还是在大丘湾不胫而走，整个水下居民一下子陷入了恐慌。我的龙宫，每天都有带着子孙来哭闹的大婶，她说马上自己就要过十周岁大寿了，酒席都订好了，要是子孙都去充当那一千石的鱼蟹，谁给她过生日？她的晚年是多么不幸啊。还有前来游说的老乌龟，他们让我赶紧飞上天降雨，凭他们的经验，虽然没经历过龙王不降雨而使整个水族受责罚的先例，但我这一千石鱼蟹要是不赶紧上缴，他们还会让我缴一万石、十万石，赶紧把雨先下了再说。就连每天在我身边负责安保的老螃蟹快腿都是一副愁眉苦脸的样子，可我又有什么办法呢？我总是趁大家不注意的时候偷偷地跳到云朵里，以我各种能想到的方式比划着，有时天虽然阴了下来，小打小闹地降了几滴雨，可我连龙王司规定的降雨量的十分之一都达不到。眼看一个月的期限即将到达，我既没能说服自己真的把一千石鱼蟹交给龙王司，也没能学会真正的降雨。

有时我想，当初还真不如让清道夫化龙呢。如果我那天没有因为小河虾的事情而咬住清道夫的鱼须，也就没有后来的事儿了。也许我现在正在和梅梅鲤鱼幸福地生活在一起呢。虽然看起来不可能，但只要努力，凡事皆有可能。就像此时此刻，谁能想到，我会成龙呢？就连清道夫也想不到。清道夫在哪里呢？他有没有成龙呢？

这个时候，小乌龟遐迩悄悄来到了龙宫，他慢悠悠地爬到我身边，转过身直接将自己的龟壳对着我，我看到龟壳上写着一排密密麻麻的数字。遐迩回过头，不紧不慢地说，人类的贡品数量已经查清楚了，到今天上午为止，一共是三万零一十二石。此时的我，完全没有心思理会贡品的事，只回给遐迩一个出于尊重的微笑。没想到这个小个子，竟然又跳到我无精打采的龙须上没大没小地玩起了荡秋千，我刚想把他甩出去，小遐迩却狡黠一笑，不慌不忙地说，是否可以拿人类进贡的江米填补这一千石鱼蟹？我想了想，只能这样了。江米虽然比不上鱼蟹，但龙王司见惯了鱼蟹，再新鲜的鱼蟹，到了他们那里，也是不稀罕的，而江米，他们未必常见，谁不想尝个鲜？

审 判

在用一千石江米充抵鱼蟹后，整个大丘湾都松了一口气，仿佛阳光第一次照进了幽深的龙宫，鱼虾蟹贝陷入了旷日持久的狂欢。可是好景不长，没过十天，龙王司的通知又来了，这次可不像上次那样好运，上次哈腰虽然对我爱理不理，但他终归是一条威严的龙，还是很给我面子的。这次来到龙宫的，是两个着浑身铠甲佩带剑戟的大鲵，他们长得和我那次没有吃的、被我安排在龙宫门口的那只体形庞大的大鲵一模一样。他们一脸严肃，也没有给我上次那种鳄鱼皮做的通知书，而是直接拔出了别在背上的戟，一副气势汹汹的架势。他们的眼睛告诉我，他们是来押我回龙王司的。我猜这一定与我将一千石鱼蟹换成江米有关。什么？我是怎么知道的？因为我是龙，一条真正受万民、万鱼敬仰的龙。但在大丘湾水族子孙的面前、在两只天庭大鲵护卫的面前，我不能丢了龙的身价，就在他们向我扑来，马上就要抓住我的龙身时，我一个跃起冲出水面，先于两只护卫大鲵到达了龙王司。两个护卫大鲵紧随其后，不知道的一定认为他们是我的跟班。我还听见一只趴在岸边的老乌龟跟旁边的老伴说，你看，我们的龙王要去龙王司领赏了。

再次来到龙王司，我还是整个大殿里最小的那条龙，我怎么远离它，又怎样回到原处，情景还是原来的情景。我注意看了看，并没有看到清道夫。世事无常，最想成为龙的，还在无望地扑腾，而最没有可能成为龙的，却成为了龙。成为了龙，也未必是好事啊。也许，我很快就要被贬为一只毫无尊严的小河虾了，连鲤鱼都不如，也许会被处死呢。我强打精神，站在大殿上，看见了熟悉的哈腰，他将头垂到了胸脯，高高耸立着弯曲的背脊，紧挨着龙王司长站着。

"一千石江米。"

龙王司长看着我。我猜他是在看着我，因为我依旧看不见他高高耸入云朵的脸，他只是莫名其妙地说了一个陈述句，既没有提问也没有责难，像是有点迟疑。听龙王司长这样说，大殿上的龙都有些惊讶，他们小声议论起来。紧接着，龙王司长又说了几遍"一千石江米"。从龙王司长不断的重复中，我听出了疑惑、羡慕，甚至有小小的妒忌。

"报告司长大人，大丘湾的龙库可不止这一千石江米。"就在龙王司长迟疑的时候，哈腰突然跪在了大殿上，甚至又将整个身体匍了下去。

"屁话！那是多少？"

"回司长大人，十万石。"哈腰的话如同一句响雷，瞬间在大殿上炸开，所有的龙都带着不可思议的语气议论起来，那句响雷从哈腰的嘴砸到地上，溅起了火花，直接烧到了我的耳朵根，我听见了大脑中的轰鸣。

当我还是顺依河一条快乐的小鲤鱼时，我曾经发现过一个小河虾繁殖茂密的水丛，那里不仅河底往上冒着热气，常年还被炙热的阳光照射着，一般的鲤鱼只要游到那里，远远就能感受到滚滚的热浪灼着鳞肤，早早就绕开了。而我，作为一条在捕食上完全没有优势的小鲤鱼，经常饿着肚子在水中漂荡，一次，我饿得晕了过去，不知不觉漂进了这片水丛。当我从温热的河水中醒来时，我看见了大量鲜美的小河虾在我面前跳舞，他们成群结队、无忧无虑。那一次，我觉得我一顿饭吃掉了五十只，甚至更多，可能有一百只，不过，即使我真的吃掉了一百只小河虾，剩下的数量依旧多得数不过来。后来，当我和最想亲近的梅梅鲤鱼炫耀这次经历的时候，我自信满满地大声告诉她："我敢说，整条河里的小河虾都在那里了。"

　　　　　　　　　　　　　　　　茉　莉　|

……哈腰将头使劲往大殿上低，整个身体几乎马上与大殿融为一体，当他看见所有的龙都用恶意的眼光鞭笞我时，自信满满地大声告诉大家："我敢说，整个河海的江米都在那里了。"

此时，不知道为什么，我莫名地心虚起来，虽然那些江米是人类名正言顺送给我的，我既没有像老龙王那样强迫什么人或水族进贡，又没有故意隐瞒关于江米的事情，但一想到老龙王最后被贬成了一只可怜的大鲵，我就浑身不舒服，仿佛身上闪闪发光的坚硬的龙鳞已经开始萎缩。在来到龙王司之前，我一直认为别的江河湖海都跟我的大丘湾一样，收着人类的礼物，就连以前在龙门山上年长些的鲤鱼也告诉我们，只要变成了龙，一定会受到人类和水族的臣服。可是此时此刻，从龙王司长不停地重复着"一千石江米"和哈腰故意夸张江米的数额中，我才明白，他们是多么妒忌我的这些江米。我赶紧学着哈腰的样子，把头完全埋在地上，放大了嗓门说："这些都是人类给司长大人的礼物。"我听见龙王司长的龙须似乎得意地动了一下。

"屁话！我就知道，人类一直这样殷勤。"龙王司长说完后，放声大笑起来。我顿时为自己捏了把冷汗，让我更意想不到的是，哈腰竟然又提议让别的江河湖海一起享用人类给龙王司进贡的江米。就这样，当我再一次回到凡间，也就是回到大丘湾做龙王的第三年，我不得不凑够哈腰替我吹嘘的十万石江米，每个月还要再给龙王司上缴一千石，并分给其他江河湖海一百石。

直到现在，我们伟大的、敬爱的、受天地万物生灵敬仰的天帝大人，您听我说，我在大丘湾做龙王的第四年，人类向大丘湾投放的江米早已不能满足龙王司的胃口。我们水族的所有虾鱼蟹贝每天的任务就是出去找江米，他们有三分之一因为没有了江米填肚子而消亡，三分之一因为不堪每天出去找江米而搬迁到了其他河流，剩下的三分之一，我的水族子孙竟然想方设法在水中种起了江米，就连我最喜爱、最调皮的白壳小乌龟遐迩，都因每日搬运、查数江米而积劳成疾，缩进了龟壳里不愿再出来了。

我也因此被送到了天帝大人的跟前问罪。

敬爱的天帝大人，大丘湾的衰败就是这么回事儿。我申请您将我贬为一只大鲩，或者以前的小鲤鱼。什么，是因为降雨的事情？

是的，因为我不会降雨，大丘湾一带确实大旱四年，我认罪，但我不是有意的。什么？只要口含龙珠飞到天上，擤擤鼻涕就是倾盆大雨？这可没有龙告诉我。给我的龙珠在哪里？报告天帝大人，龙珠我保存得好好的。四年来，我的龙珠一直被人类送给我的第一件贡品——那个吟诗的老头含着，要不然，他会腐败的。天帝大人，我可以把龙珠取出来，立刻就给人类降雨，反正我也是马上要被贬的龙了。那个老头，我就送给您吧。

端　午

天帝大人说，因为我罪孽深重，应该贬为一只虾。

我就这样成了一只虾。当我在河水中看到自己的倒影，不禁失声痛哭，我既没有了之前的四只龙脚，也没有再之前的胸鳍和尾鳍，那四根龙须倒是还在头顶骄傲地摆动着。也许是天帝心存怜悯，赐我一身红红的铠甲，头上还带着三把刀，中间的那把还很长，但这有什么用呢，我只是一只虾而已，甚至都无法与那条从餐桌上被我释放的体形庞大的大鲩相比。我还想着，贬回小鲤鱼，回到顺依河，我还有机会与梅梅小鲤鱼结为夫妇呢。我现在这个样子，还怎么和我亲爱的梅梅小鲤鱼拱背背玩水草？连一个拥抱我都有可能伤到她。

我正在暗自神伤，一只螃蟹挥舞着钳子冲过来，我下意识地用头顶的长刀迎战，咔嚓一声被他的钳子剪断了。我忍着剧痛，立即向河水深处游去。路过一条大鲤鱼时，它张大了嘴巴，要把我吞下去，我闪身避了过去，却惊醒了一只睡着的乌龟，咬掉了我一根小小的龙须，不，应该叫虾须了。我划着水，拼命地逃着。我经过那些鱼虾蟹贝的身边时，他们惊异地看着我，小声地议论着。

"这是什么东西？这么丑！"

"听说是一条被贬为虾的龙，是个新物种。"

"那就叫他龙虾吧。"

我就这样变成了凡间的第一只龙虾。没过多久，江河湖海里到处传说有只龙被贬为了龙虾。这样的结果可想而知，昔日威风凛凛高高在上的龙成了一只虾，那些被憋屈了几万年的鱼虾蟹贝，谁不想亲手捉到他，把他宰了，或者吃了？我不得不藏匿于浑浊的河道中，越是肮脏的河水越是安全，这样，谁都看不到我了。我的子孙后代甚至爬上岸，栖身稻田，在田埂里挖洞，把自己藏在深深的泥巴中，过着不见阳光的生活。

唉，两千年来，大丘湾依旧住着龙王，人类每年还往汨罗江投放江米。天帝收到了那个老头后，甚是喜欢，封他做了新的龙王司长。只是，我再也没有见到过他。这些年来，我一直在东躲西藏，除了躲避比我更厉害的水族的攻击，还有人类的贪婪，我眼睁睁地看着他们吃掉了我的一个又一个同类。在这个过程中，我还知道了，人类为纪念那个老头，专门有了个节日叫端午节。他们投入水中的江米并不是给我的贡品，而是为了纪念他。他们哪里能想到，正是因为我，这个老头成了神。唉，这都是往事了，不提也罢。

原载于《青年作家》2019 年第 12 期

蚂蚁部队的故事

一

"怎么会？去……去……去去去！你你你你们出去！"

"去去去……去！你们都都都给我回回来！"

在很远的地方，你就能听见从黑蚂蚁指挥部里传出来的咆哮，那结结巴巴的咆哮——不用猜，肯定是蚂尔克将军！除了脾气不好的他，还能有谁！那，是谁让他发这么大的火？是大黄蜂！蚂尔克将军刚刚得到一只情报蚁送来的密报，上面说大黄蜂国的黄蜂部队正在集结，他们准备以雏鹰或者乌云的速度向黑蚂蚁国的边境进发，用偷袭的方式打败黑蚂蚁，迫使黑蚂蚁国向大黄蜂国进贡——黑蚂蚁国盛产一种特别美味的水果，也是大黄蜂们喜欢吃的。"他他他们怎么敢敢敢撕毁协协协议？"

指挥部里，那些黑头黑脑的蚂蚁参谋面面相觑，他们根本回答不上来。于是，便有了蚂尔克将军的发火，叫他们都出去。可他们都出去了，作战计划怎么办？于是，又有了蚂尔克将军的呼喊：你们都都都给我回回来！

是时候该介绍一下蚂尔克将军啦！他可是黑蚂蚁王国里最最受人尊敬的将军，提起蚂尔克将军来，无论年幼的年轻的中年的年老的蚂蚁，无论是认识蚂蚁文的还是不认识蚂蚁文的，都能说出蚂尔克将军的英勇事迹，也都能说得出蚂尔克将军的特点来：譬如蚂尔克将军有些结巴，着急的时候更会如此——他可不是天生就这样的！他之所以结巴，是因为在一次螳螂国的入侵中，他英勇对抗，在咬住一只螳螂腿的时候太用力，损伤了自己的硬颚，所以才有了这样的毛病；再譬如，蚂尔克将军拥有三只眼、五条健壮的腿——且慢，说将军三只眼倒没有什么，因为蚂蚁都有三只单眼，位于头部，但五条腿……不应当是六条腿么？你查一下百科知识："蚂蚁，蚁科。属于昆虫纲膜翅目，多为黑、褐、黄和红色，刚刚出生时，通体透明，体躯平滑，或有毛刺、刻纹和瘤突。蚂蚁的身体分为头、胸、腹三部分，有六足，体壁薄且有弹性……"百科上说得没错。黑蚂蚁也都是六条腿，但蚂尔克将军只有五条腿，之所以只有五条腿，同样是在那次和螳螂国的螳螂们作战的时候，他受的伤。为了不影响战斗，蚂尔克将军叫部队里的医护蚁用快刀斩乱麻的方式砍下了他那条受伤的腿，涂上止痛的药，蚂尔克将军又身先士卒地冲向了螳螂们。那场战斗，让蚂尔克将军的声誉在黑蚂蚁王国的土地上到处流传！他成为了黑蚂蚁王国里万众敬仰（不对，是万蚁敬仰）的勇士，他的大名登上了《黑蚂蚁报》《蚂蚁蚂蚁》《蚂蚁大家说》的头条，而且根据他的事迹改编的戏剧、小说、电影和歌曲更是数不胜数。这样说吧，当一只新蚂蚁从卵里孵化出来，他最初学会的可能不是"爸爸、妈妈"，而是"蚂尔克"……

我们接着说指挥部里发生的。"你你你们说，说，他他他们凭凭什么进进攻我我们？"

刚被叫回到指挥部的参谋们再次你看我两眼，我看你两眼，他们确实说不清楚为什么。"我们就就就这样等等等着他们？我我我们就没——一点儿办法？"

这时候参谋们有了话题，他们一起挺了挺自己的腰："报告伟大的、功勋卓著的蚂尔克将军，我们做好了迎敌准备！""报告伟大的、功勋卓著的蚂尔克将军，我们会誓死捍卫黑蚂蚁国的每一毫寸领土，我们会誓死捍卫黑蚂蚁部队的至高荣誉！""报告伟大的、功勋卓著的蚂尔克将军，我们要像您之前做的那样，战斗，战斗，战斗！"

来回踱着步子的蚂尔克将军心情终于有了些平复。"好好好吧。"他说。

"传传传令下去，马……马上集集合！"一直站在蚂尔克将军身侧的传令官蚂蚂赏直起身子，清了清嗓子，原封不动地传达了蚂尔克将军的集合令。是原封不动，传令官蚂蚂赏可不是结巴，他的硬颚也没受过什么损伤，但为了保证蚂尔克将军命令的"原封不动"，他在传达蚂尔克将军命令的时候，可从来没敢丢过一个字，落过一个词。整个蚂蚁部队都已经习惯他啦！

咔噗咔噗……咔噗咔噗……

"这是我的铠甲，还给我……"

"你穿错靴子啦。"

"你才穿错了……"

"我的剑呢？怎么只剩剑鞘了，谁偷了我的剑！"

"安静！安静！"蚂蚂赏清了清嗓子，对正在集结的将士喊道。

笃卡笃卡……笃卡笃卡……

蚂蚁大军立刻不再喧哗，但盔甲和盔甲、长矛和长矛、弹弓架和弹弓架相互碰撞的声音不绝于耳。阳光下，蚂蚁将士们一个个笔直地站立着，他们的身上不断地冒出蚂蚁油。很远的地方就能闻到蚂蚁油的气味。

"下面，请我们伟大的、正确的、勇猛的、受我们敬仰和爱戴的蚂尔克将军讲话！"

二

让我们一起屏住呼吸，蚂尔克将军要讲话啦！

尽管盔甲和盔甲、长矛和长矛、弹弓架和弹弓架相互碰撞的声音还是不绝于耳，但在黑压压的黑蚂蚁部队里，所有的蚂蚁都停止了喧哗，支起了触角：他们没有我们这样的耳朵，触角就具有耳朵的功能，和部分鼻子的功能。于是黑蚂蚁将士们一起支起了触角。

"我我我们的队队队队伍是是一支强强强大的队伍，是是是一支勇敢的队队队队伍。我我我们有信信心，迎……迎……迎击一切来来来进犯的敌敌人。去去去……去！"

蚂尔克将军用力地讲完这句话，负责蚂蚁文记录的部队速记员飞快地将它记录下来，运用它前边的四条腿和两只触角——他也有"原封不动"的习惯，因此得到了蚂尔克将军的赏识。"我我我我们，我我我们一直……奉行的原原原则是，是……我我我们蚂蚂蚁弱弱小，但但但不懦弱，我我我们不不不恐惧战战战争。而而且恐恐惧是是是没有用用的。"

尽管蚂尔克将军的硬颚遭受过损伤，但不妨碍他的滔滔不绝。很久，已经很久蚂尔克将军没有在他的军队面前这样讲话了，要知道蚂尔克将军一向为蚁低调，而且在阻止了螳螂国大过黑蚂蚁身体数百倍的大螳螂们的侵略之后，一时间蚂蚁国军队的士气高昂，周边无论是螳螂国、青蛙国、大黄蜂国还是绿蛇国、睡鼠国，无论是带翅膀的、带羽毛的还是胎生的、卵生的，都不敢再轻易进犯黑蚂蚁王国，所以他也用不着再发布什么动员令。但这次不同。大黄蜂们竟然不顾合约，决定前来进犯，这怎么能让伟大的、正确的、勇猛的、受我们敬仰和爱戴的蚂尔克将军不生气呢？他一生气，说话就多，也就更加不那么利索。

他讲到战争的意义。讲到那些和约的签署：要知道，每一次和比自己大得多、厉害得多的王国签署合约，黑蚂蚁们都曾付出过极为艰难的斗争，是黑蚂蚁们用黑色的身体和黑色的血换来的。他讲到不久前的和螳螂的战争，讲到自己……等一向低调的蚂尔克将军把自己在战争中的故事讲完的时候，负责蚂蚁文记录的部队速记员已经写满了七千七百七十七张蚂蚁纸，他累得触角上都滴着蚂蚁油，不得不更换了另外一个速记员。这个速记员的速度要慢一些，而且有时会偷懒，会把"我我我们的队队队队伍是是一支强强强大的队伍，是是是一支勇敢的队队队队伍"直接改换成"我们的队伍是一支强大的队伍，是一支勇敢的队伍"——蚂尔克将军并不喜欢他这一点，但出于宽容的天性将军还是让他继续担任速记员的角色。

蚂尔克将军讲到大黄蜂国，讲到黄蜂们的习性，讲到黄蜂们的毒刺，和它们的长度、毒液的成分……站在一侧的传令官蚂蚂赏悄悄地打了个哈欠，但他飞快地闭紧了嘴巴，重新显现出一副专心的样子。蚂尔克将军讲到果实，讲到果实之香，讲到天气对果实的影响，然后讲到蚂蚁王国近来的天气以及未来预测，讲到天气对大黄蜂翅膀的影响，对，他们是冷血的，这是一个非常大的弱点，只是可惜的是我们也是……终于，滔滔不绝的蚂尔克将军重新讲到了密报。"让让让让他们来来来吧，我我我们一定要要要他们有有去无无无回！"

咔噗咔噗……咔噗咔噗……

笃卡笃卡……笃卡笃卡……

蚂蚁部队里面一片喧哗，因为数量太多而且每一只蚂蚁都没有配合的缘故，他们都说了些什么蚂尔克将军并没有听清楚，传令官蚂蚂赏、站得笔直的参谋们以及速记员也都没听清楚，不过看上去蚂尔克将军倒很是高兴。"当当当当年，我我我也像像你们那那样。现在是是是你们啦。"

"向伟大的、正确的、勇猛的、受敬仰和爱戴的蚂尔克将军学习！"

"向伟大的、正确的、勇猛的、受敬仰和爱戴的蚂尔克将军致敬！"

这一次，蚂蚁部队里的呼喊是整齐的，因此也更显得震耳欲聋。

"下下下面，"蚂尔克将军用他的第五条腿重重地敲击了一下地面，然后看了看黄昏中已经趴在蚂蚁纸上的速记员，"下下下面，我我宣布……"

咔噗咔噗……咔噗咔噗……

笃卡笃卡……笃卡笃卡……

三

下面，轮到蚂蚁部队的另外两位勇士上场啦！

一位是，粪球弹射团骑士蚂萨蒂；一位是蜗牛骑士团骑士蚂可罗。

他们是蚂蚁部队中，跟随蚂尔克将军参加多次战斗的勇士，那些关于蚂尔克将军的伟大史诗中，那些戏剧中也是这样说的，蚂尔克将军的身边可少不了他们。而且……说实话他们也很好刻画，属于特点比较鲜明的……蚂蚁。

蚂萨蒂可是蚂蚁国出了名的矮子，他到底有多矮？这样说吧，他的铠甲是蚂蚁部队特制的，用料还不到其他铠甲的三分之一，因此，蚂萨蒂最忌讳听到"矮"这个字，跟"矮"字读音相近、意思相近的"矬"啊、"倭"啊、"哎"啊统统不许说，谁要是说了，他就会发怒，用镶了铁甲的触角将对方戳起来，扔进粪堆里去。他的部队里尽是些粪池，是蚂蚁战士们从踏到领地里的牛、羊或者别的什么动物那里收集的。这，是他们这支部队的"武器"。而身材高大的骑士蚂可罗最爱说的就是"你个蜗蜗"——他为什么有这个习惯？因为，他是蜗牛骑士团的团长。骑士团！高大上吧？所以蚂可罗总是一副不可一世的样子，他的三只眼睛多数时候都是朝上的，因为翻的次数多了，所以这只黑蚂蚁的眼睛在远处看上去有大片的白色，很是不同。他最讨厌矮子，特别是总跟他抢功的矮子蚂萨蒂。而在蚂萨蒂听起来，"蜗"和"矮"同音，他一定是在骂自己。

"你个蜗蜗，你为何来？"

"你个粪粪，你为何来？"

"我蜗牛骑士团就能杀他个片甲不留，你来何用？"

"我粪球弹射团就能熏他个寸草不生，你来何用？"

骑士蚂可罗和骑士蚂萨蒂都是暴脾气，一见面就燃起了幽蓝的火焰，一高一矮针锋相对的两对触角瞬时发出了攻击的电波。

"去……去……去……去他个……个……！"蚂尔克将军发火了，都什么时候了，这两个蠢货还在伟大的、正确的、功勋卓著的、受万蚁敬仰的蚂尔克将军面前吵架，传令官蚂蚂赏立刻拿出一根天牛须，两位骑士也不得不闭紧了嘴巴。

"你……你们……闭……闭嘴，听……听……我说……"

蚂尔克将军挑了挑拧成意大利螺蛳粉的眉毛，开始向两名勇士颁布自己正确的、伟大的、无可争议的命令。这个命令，是第五个速记员记下来的。

什么命令？

不好意思，这是军事秘密，我现在还不能告诉你们。这可是个严肃的事情，闹不好会上黑蚂蚁军事法庭的。哦，你说的是……颁布命令的时候已经是夜晚时分，这时候天早已暗了下来，没有了阳光的直射，队伍里的黑蚂蚁们当然不再流什么黑蚂蚁油，不过他们肚子的咕咕响却很远就能听见。

大黄蜂们不是来偷袭的吗？如果这个时候……不用担心，不会的。

黑蚂蚁王国是大国，而且和大黄蜂国、螳螂国、知了国在很早很早之前就相互签了契约，契约中对战争有一些非常明确而且必须要遵守的规定：他们规定夜晚不能打仗、下雨或下雪不能打仗、太热或太冷不能打仗、别国进行演习时不能打仗，双方兵力不相等也不能打仗，契约附件中还规定，下雨时30滴雨以内包含30滴时可以打仗，大于30滴雨时不能打仗，所以每当排兵布阵时，只要天空开始下雨，双方第一排的将士就一起仰起头，一滴一滴地数，1、2、3……29、30，在数到第31滴的时候，迅速转过身回到自己的领土。虽然大黄蜂国没有按照一般程序先派出使者前来宣战，然后集合到某个合适的、恰当的、不多也不少的地点按照鼓点战斗，但那个契约里的规定是一定会遵守的。

四

在介绍过了两位伟大的骑士后，现在，该轮到士兵们出场啦！

最先出场的是，蚂可罗的蜗牛骑士团。笃卡笃卡……笃卡笃卡……蚂可罗按计划带领蜗牛骑士团的勇士们率先来到了蚂来山脚下。骑士团的将士们接受命令，他们要在蚂来山山峰上埋伏，迎击来犯的黄蜂们。

从山下到山上……这可是一段非常艰难而又耗费时间的路程。黑蚂蚁将士们用尽了力气，可充当坐骑的蜗牛们还是总出"状况"。

"哎哟，我被树枝挂住了！就在我右侧。"

"笨蛋，放开那可怜的树枝，用你左侧的履带。"

"好疼啊，我被前面士兵丢下的玫瑰花刺伤啦！"

"蠢货，玫瑰花刺是留给敌人的。你可以绕过去，后面的也是！"

"啊呀呀呀呀，我的肉里，我的肉里裹进了螳螂屎。"

"懦夫，用你的身体碾碎它，再喊我就把你的壳踩个稀烂。"——有几只老蜗牛从队伍的里面气势汹汹地爬过来，他们经验丰富，丰富的经验也让他们的脾气变得很不好。

别看他们脾气不好，可是他们有经验啊，有耐心啊，有想法啊！这不，他们从蜗牛壳里掏出药瓶，为受伤的蜗牛在伤口处涂抹荆棘根熬成的水，又在履带上涂一层厚厚的松枝油。然后，招呼士兵们把那些滑倒的蜗牛翻过来：如果不是有经验的老蜗牛，这些翻倒在地上的蜗牛很可能会被太阳晒干全部的水分和油脂，成为一个个空荡荡的壳。

"荆棘根熬的水？我怎么没想到。"

"松枝油？我也没想到。"

"奇了个怪，竟然能把我翻过来。"

"傻瓜，都给我闭嘴，赶紧追，队伍已经爬很远了。"

他们追赶着前面的队伍。一路上，蜗牛骑士团在地上留下了极为明显的痕迹：无论是蜗牛的体液还是松枝油，都不容易被阳光晒干，它们会留下反光。于是，一支专门的蚂蚁队伍出现了：他们要用树枝、草叶和土灰把队伍走过的痕迹全部盖住。"哎呀妈呀，真是累死啦！我的两条前腿都快要断啦！"

……也不知过了多长时间……反正很长很长的时间，用蚂蚁表上的时间来算的话至少是过了三百个蚂蚁日，我说这个你也未必明白，所以还是用原来的统计方法吧，也不知道过了多长时间——蚂可罗的蜗牛骑士团的蚂蚁们终于来到了半山腰，埋伏了下来。

——他们为什么不埋伏到山顶上去?

一是时间不允许,如果到山顶,他们至少要用四千四百四十四个蚂蚁日,大黄蜂国的黄蜂们怕是早就越过了边境;二是没必要,因为黄蜂们不会飞到山顶的高度,在半山腰的地方,足以伏击到黄蜂们。

阵阵北风吹过,山川之间弥散着躁动不安的气息,所有勇士们两条腿骑在蜗牛背部,四只手分别拿起两只弓弩,弓弩上别着蚂来山脚采来的干枯玫瑰花刺,摆出战斗姿势集体望向天空,蚂可罗骑士站在蚂来山口的最东边,也是最先能看见大黄蜂军队入侵的位置,抬头仰望。

所有将士都屏住呼吸,等待敌人出现的那一刻把手中的箭射出去。

——我介绍了蚂可罗的骑士兵团,还有一支部队没有介绍呢,它就是蚂萨蒂骑士的粪球弹射团。这支部队,也早早地赶到了埋伏地点,甚至比蚂可罗的骑士团到达得更早。他们没有坐骑——是啊,蚂萨蒂的粪球弹射团没有坐骑,可他们这些黑蚂蚁其实比蜗牛要跑得快得多。所以他们早就在草堆和蚂果树的下面埋伏下来啦!他们甚至,比蚂可罗的骑士团早到了两个蚂蚁日。

可是……大黄蜂们并没有到来。

五

"大黄蜂呢?怎么还不见踪影?"

"不要吵!马上就到来啦,我们很快就会听到他们翅膀的嗡嗡声。"

"哎哟,我颈椎病要犯了,大黄蜂怎么还不来?"

"闭嘴，你个蜗蜗蠢货。"蜗牛骑士团的蚂可罗可听不得抱怨。于是，那个刚刚摇晃着颈椎的士兵立刻被拖下去，打了三下屁股。这下，他的屁股就比脖子难受多啦。

"可是，大黄蜂呢？"

士兵们一个个伸长了黑脖子：天空中，连一片蚂蚁云朵都没有，只有大大的太阳在那里晒着，让士兵们身上充满了蚂蚁油的气息。"你说，大黄蜂们会不会偷袭？他们绕过了蚂来山口……哎呀，那可怎么办。""别别别瞎说！叫我们守着我们就要好好守着！黄蜂们都是些没脑子的大个儿，你没听蚂蚂赏说么，他们尾巴上的毒素早就侵进了他们的脑子，要不然他们才不会贸然进攻我们呢！""可是他们那么大个儿，还有那么好用的武器……""别别别瞎说！他们的武器针对更大的动物有用，对于我们蚂蚁……哼，什么用也没有！"

"谁还在说话？你个蜗蜗！"蚂可罗骑士怒不可遏，他可不能允许哪只黑蚂蚁在这个时候动摇他的军心，"哪个蜗蜗要是还不闭嘴，我就把他推到山下去！"

然而清静了没多久，蚂可罗的耳边又响起了蚂蚁士兵们窃窃私语的吱吱声。

——在蚂萨蒂骑士的粪球弹射团，情况就不同啦！完全不同，整个队伍里，根本没有一只蚂蚁士兵说话，他们才不会轻易地张开自己的嘴巴……倒不是蚂萨蒂骑士的纪律更为严明，不是，我说出原因来你肯定会大吃一惊，但千万别张开嘴巴！问题出在他们的武器上。他们叫什么弹射团？粪球弹射团，对啦，粪球是他们最重要的武器，而为了对抗强大的、有着金色铠甲的黄蜂们，士兵们在他们的粪球弹中加入了顶级臭臭草。天气那么炎热，顶级臭臭草的名字可不是白起的，它们真的是顶级！很快，它们发酵起来的气味……十层防护口罩已经不能抵御这股难闻的气味，他们只好把所有的手脚都捂上去，即使如此，粪球弹的气味还是使不少的黑蚂蚁晕倒在一边，远处的蚂蚁马上冲过来把晕倒的蚂蚁拉走。

可以说，蚂萨蒂骑士心急如焚。要是大黄蜂再有四个蚂蚁日还不来到蚂来山口，蚂蚁士兵们就受不了啦。蚂萨蒂在草地里来回地走着，他感觉自己就像走在一个烧热了的铁锅上，这时他已经后悔不应该那么早在粪球弹中添加顶级臭臭草。它对付大黄蜂是有特效，可对付自己的士兵同样如此。

"那，那是不是大黄蜂？"

"胡说，那怎么是大黄蜂？看清楚点，那是一只联联鸟，你没看他是灰肚皮吗！"

"那，那是不是大黄蜂？"

"不是。当然不是。那是一朵蚂蚁云，只不过黑了一点而已。拜托。"

"那，那是不是大黄蜂？你看你看！"

"不是不是，你能不能……你看看，他们是苍蝇好不好，拜托！"

"你看……"被晒得发昏的侦察蚁再次发现了不同，他们发现，似乎有一团绿色的雾状的东西正在朝蚂来山的山口飘来。

"拜托……"负责核查的传令蚁触角上也满是不断冒出的蚂蚁油，他的眼睛里面似乎也是。因此上，他也看不清那团雾里是不是有黄蜂的存在，是不是黄蜂们所制造的。"要不然……就算是吧！我马上通知蚂萨蒂骑士！"

听到消息，心急如焚的蚂萨蒂立刻跳了起来，"快，快点，把我们那些该死的粪球弹都给我射出去！我可是一刻也不想再待在它身边啦！我们要让大黄蜂们也尝尝这个滋味！"

六

"我们要抗议！我们要投诉！"

"我们要抗议！我们要投诉！"

"我们要抗议！我们要投诉！"

在很远的地方，你就能听见从黑蚂蚁指挥部一侧传来的呐喊声，一大群黑蚂蚁士兵聚集在那里，营帐里的蚂尔克将军都快被他们给烦死啦！

"告告告诉我，谁谁谁让你你们发发发射……粪粪球的？"

"是，是……我的侦察兵看错了。"蚂萨蒂垂着头，"我也没想到。我看到有一团东西……我怕大黄蜂飞过我们的防线，伟大的、功勋卓著的蚂尔克将军，作为骑士，忠心追随您的将士，我们只想，一心想着……"

"够啦！难道，我们就不是忠心追随伟大的、功勋卓著的蚂尔克将军的将士？你别扯别的，你个蜗蜗！你就说，为什么没看到黄蜂就开始投弹，而且还把那么臭的粪粪投到了我们的一个忠心耿耿、任劳任怨的蚂蚁士兵的触角上？它的触角都发炎啦。"

"我们是杀敌心切！你们完全可以躲开的，再说，我们是按照严格的黑蚂蚁骑射团弹道规程操作的，谁知道出现那个小小的意外……"

"你个蜗蜗！臭蜗蜗！怎么会是意外，完全是你们的故意或者疏忽……"

"是疏忽，你也承认的……天那么热，我的将士们在操作的时候还不得不用多出的手捂住鼻孔……我会好好管教他们的。请代我向您受伤的将士道歉。"

"不行，不能就这样算啦，你个蜗蜗！我们将士，为了伟大的、富裕的、安定的黑蚂蚁王国而准备与大黄蜂们殊死搏斗，可没想到被你的粪粪伤了一只触角，现在他还躺在医院里，一看到自己被包扎的触角，闻到那股臭味，就晕过去啦。"

"对啦，大黄蜂！"蚂萨蒂骑士仿佛找到了稻草："尊敬的、伟大的、功勋卓著的蚂尔克将军，我们为什么要集结在蚂来山？是因为大黄蜂！我们为什么要投入战斗？是因为大黄蜂！可是，大黄蜂并没有真的到来，您也知道，大黄蜂国根本没有这个进攻计划……尊敬的、伟大的、功勋卓著的蚂尔克将军，一定要找到那个传递虚假消息的情报蚁，重重地惩罚他！是他造成了这样的后果！"

"对。"伟大的、功勋卓著的蚂尔克将军早已被蚂萨蒂和蚂可罗的争吵吵得脑仁疼，他也急于结束，急于让蚂可罗骑士把他的将士们领回去。"这个，一定要好好地查一下，要严惩不贷！明天，就是下一个蚂蚁日，我们要成立最严肃的黑蚂蚁军事法庭……"

"尊敬的、伟大的、功勋卓著的蚂尔克将军，我那个受到了伤害、身上还粘有臭粪粪气味的将士……"

"安安安抚，慰慰慰慰问，快快快快去。"

"他们，可是为了抵抗大黄蜂。没想到……这个蜗蜗，蚂萨蒂要受到惩罚。"

"你个粪粪，有完没完？"蚂萨蒂也开始发起火来。

七

"尊敬的、伟大的、功勋卓著的蚂尔克将军，那个传递消息的情报蚁，我已经抓到了。我也已经问清楚了消息的来源，原来，他是在一份大黄蜂国军事机密文件中窃取的。不过……也许他情有可原……"传令官蚂蚂赏走进指挥部，走到蚂尔克将军面前。

"不不不管怎怎么说，都都是他他他，造造成了我我我们队队队伍的巨巨巨大……大损失！"蚂尔克将军的胸膛里充满了火气，"他他他必须受受受受到严刑惩惩罚！"

传令官蚂蚂赏点点头。"尊敬的、伟大的、功勋卓著的蚂尔克将军，重罚这只情报蚁没问题，也是必须的，就是处死他也无法挽回我们的损失。可是……"蚂蚂赏略略地停顿了一下，"可是，尊敬的、伟大的、功勋卓著的蚂尔克将军，经过黑蚂蚁军事法庭艰苦卓绝的努力调查，我们最终发现那份文件还有一份补充文件，颁发于3个蚂蚁日之前。""写……写……写的什么？""大黄蜂国确实准备对黑蚂蚁国进行军事打击，也就是说那只情报蚁先前获得的信息是准确的。而补充文件显示，大黄蜂国在军事行动前，因出现了难以解决的协调问题、后勤问题，如果获得胜利，将由哪位将军出席饯行宴、告别宴、利用宴的问题，财务预算变更问题、报纸版面划分问题等等没有协商充分，而放弃了对黑蚂蚁王国的军事打击。""哈……哈哈……哈……哈……竟……竟然……是这样……哈……哈……"伟大的蚂尔克将军听蚂蚂赏这么说，忍不住大笑起来。

"也也也就是说说说……，大大黄蜂国原原原准备，原本准备……哈哈哈哈……"

"是的，蚂尔克将军，看样子是这样的，只不过大黄蜂国内部后来出现了问题。"

"哈……哈哈……哈……哈……我们……黑……黑……黑蚂蚁就……从……从……从不会……出现出现这样的问题……我我们从从从来都都都是那那那么团结。"

"那么，尊敬的、伟大的蚂尔克将军，那只情报蚁是该立功还是受罚呢？"

"这这这……这是个问问问问题……"

七（番外篇）

"尊敬的、伟大的、功勋卓著的蚂尔克将军，那个传递虚假消息的情报蚁，我已经抓到了。我也已经问清楚了消息的来源，原来，他是在一本残破的大黄蜂中学识字课本上读到的。因为残破，他没有读完全，因此上曲解了上面的内容。"传令官蚂蚂赏走进指挥部，走到蚂尔克将军面前。

"不不不管怎怎么说，都都是他他他，造造成了我我我们部部队的巨巨巨大……大损失！"蚂尔克将军的胸膛里充满了火气，"他他他必须受受受受到严刑惩惩罚！"

传令官蚂蚂赏点点头。"尊敬的、伟大的、功勋卓著的蚂尔克将军，重罚这只情报蚁没问题，也是必须的，就是处死他也无法挽回我们的损失。可是……"蚂蚂赏略略地停顿了一下，"可是，尊敬的、伟大的、功勋卓著的蚂尔克将军，您听信了他的话，并当着蚂蚁部队的将领们做了战争动员，然后又……整个黑蚂蚁王国都知道大黄蜂国要派大黄蜂来进犯，他们给予我们太多的支持。如果处罚了这只情报蚁就能让事件消除的话当然很好，不过是捻死一只蚂蚁。可是，要是传到外面，有蚂蚁说……"

"说说说什么？"

"当然是对您伟大的、正确的诽谤。他们很可能说你过于急躁，急于再立新功。甚至可能会说您之前也是……"

"胡胡胡胡说八八道！"蚂尔克将军重重地拍了一下桌子，"我我我怎么会会会……"接着，蚂尔克将军又重重地拍了一下桌子，"蚂蚂蚂蚂赏，你告告诉我，该该该怎么处理这这这这件事？"

传令官蚂蚂赏的触角，凑近到蚂尔克将军的头顶。

原载于《儿童文学》2019年第10期

士兵遐迩

一

　　"报告排长，航向西南，航速 24 节。"一个名叫遐迩的士兵将脊柱绷得溜直，臀部顶着迷彩军裤自然上翘，双腿并拢甚至飞不过一只瘦弱的蚊子，他正站在船舱里，向面前的排长报告船只航行情况。就在这个士兵还没说完最后一个字，右手的军礼尚在空气中飘动时，明亮的海水突然变得昏昏沉沉，刚刚还在海面滑行着的玻璃般清透的阳光突然罩上了黑色的幕布，浪花也变得不安分起来，暴风雨来了，士兵乘坐的小船颤抖得厉害。

　　"还愣着干什么，快往外舀水。"排长命令道。士兵感觉自己的裤子已经被海水打湿，刚刚的巨浪先是袭击了他的腰，然后海水像一条暴脾气的水蛇，迅速占领了他干爽的衣襟。水汽还在不断蔓延，又从腰部调转方向，把他的脸也弄湿了，波涛、狗吠、那个和他同名的叫遐迩的排长的吼叫，甚至还有来自天空的影影绰绰的骚动，像导弹一样轰轰隆隆地向士兵投射，他迅速抬头，真的看见空中有四枚导弹飞了过来，眼看着它们越来越大，他已经闻到了导弹特有的硫黄味，还有那闪烁的暗银色的金属光泽，简直晃得他睁不开眼睛。它们就要落下来了，士兵迅速挺直瘦小的腰板，一副视死如归的样子，只是，他觉得灼热的双耳率先背叛了他的内心，它们是那样的害怕，仿佛冒着火焰，他听见耳朵软骨和血肉燃烧时的噼啪声，有一小块甚至已经坠入海中，发出"刺"的一声，这个叫遏迩的士兵想着自己不能就这么光荣地死去，他要再看看这个美丽世界，他努力睁开眼睛，即使双耳依然包裹着火焰，他仍旧要睁开眼睛，一定是这该死的海水里含有胶状物质，使得此时睁开眼睛莫名地变成了一件极其困难的事，不过，幸好，他是一名军人，没有什么可以难得倒一名军人，这个士兵最终在与胶状海水的殊死博弈中艰难地睁开了双眼。

"尿床！尿床！昨天刚洗的床单！再不起来我就把你扔到狼窝里去。"一个身穿灰色格子围裙的胖女人愤怒地拧起他的耳朵，他疼得大声叫了起来，这声音绝不亚于四枚导弹真的砸落小船所引发的巨响，清晨的阳光听到后，惊得摔在了屋顶上，碎成斑斓的晶体，站在苹果树上的几只喜鹊也停止了歌唱，机警地挥动着翅膀飞走了，徒留几片瑟瑟发抖的落叶。他就是遏迩，一个已经九岁还经常尿床的小男孩。

遏迩摸了摸自己湿透了的内裤，难为情地从被窝里爬出来，双腿之间像夹着一个气球，尽量避免自己的皮肤接触到那令人害羞的尿渍，如初学走路般生涩地向衣柜走去，母亲的责怪并没有因为遏迩的起床而平息，这些愤怒变成了数只令人厌烦的绿头苍蝇，在整间屋子里盘旋。

门外雪白的比熊犬在刚刚恢复平静的晨光中叫着，唾液偶尔包裹着光线中的几粒微尘，降落在红色砖路上迅速安家。遏迩迅捷有力地将门推开，伟大的事业在等着他，他可不会一直沉浸在尿床这等不值得一提的小事当中，涂满滑润剂的门折页由于他的用力过猛而撞向一侧墙壁，发出清脆而高调的啪啪声，遏迩犹如一个勇士，身着绿色铠甲，头戴绿色钢盔，身背被他称为15式自动步枪的竹竿准备向203高地进发，一旁的比熊犬前蹄并拢，配合地站在他的身旁，俨然是遐迩的侦察兵，在行进时先于遐迩15步的距离进行先遣侦察。遐迩在认识的为数不多的汉字中为这只比熊犬找到了最适合它的名字——前前，寓意勇往直前。但不得不说，遐迩的母亲也似唤它为前前，但并不像遐迩那样希望这只小狗会变成英雄，她只是希望比熊犬能旺财，所以起名为钱钱。起初，遐迩想改掉这个充满欲望的俗气名字，但比熊犬已经习惯了这样的发音，任凭遐迩怎样唤它侦察兵、下士、排长，甚至将军，它都无动于衷，所以遐迩只能还叫它"钱钱"音，只是不是有钱的钱，而是勇往直前的前。遐迩对于给它起的新名字很满意，迅速吸纳它为自己的先遣侦察兵。遐迩不光有侦察兵，他还有一个给他出谋划策的军师，他正和侦察兵前前一起去找军师共谋大计。身后又一次传来母亲的咒骂声，这次可不是因为尿床，是为了刚刚被摔疼的那扇门板，屋子里正悠闲漫游的飞虫听到后，都吓得灰溜溜地跑了出来。

"你去哪儿，瓜皮头"一个同村的孩子看见遐迩正准备穿过田埂，不怀好意地从后面叫住了他。

"先生，您应该称呼我为遐迩将军。"遐迩转过身，稳稳地站在田埂上，他的声音通过麦田中蒸腾的水汽传到那个孩子面前，打量一番，迅速钻进他的耳朵里。

"还遐迩将军？你个瓜皮头！瓜皮头！瓜皮头！"这个孩子边叫边哈哈大笑，他伸出一只手指着遐迩，另一只手捂着笑得岔了气的肚子，直不起腰来。说着，遐迩脑顶上的那半个西瓜皮像听懂了一般，委屈地流下几滴红色汗汁。

这个孩子不理解，为什么遐迩总在自己脑袋上扣一个瓜皮，夏天扣西瓜皮，冬天扣冬瓜皮，在不产西瓜和冬瓜的春季，遐迩就顶着一个泛着绿色的南瓜皮，还有他身上的那身奇怪的衣服，像只青蛙一样在田里蹦来蹦去，穿着一身被染绿的衣服就是将军了吗？他努努嘴，一脸不屑。

　　他当然不知道遐迩为了让自己变成将军、至少看起来像个将军所花的心思。遐迩经常去对面山坡采茇茇草，趁母亲不在家的时候用铁锅将茇茇草熬成汁，将自己的衣服、裤子、书包、皮带甚至帽子都扔进锅里，它们就会在那口大大的铁锅里跳起旋转的游戏，绿色的泡泡不断地鼓出来，越来越多，最后挤压在一起破碎升腾，遐迩觉得自己是个天才，怎么会有这么厉害的想法，对他来说，军装已经有了，但钢盔属于无法替代之物，如果他拿了母亲的绿饭盆来当作钢盔，一定会被母亲骂，而且那个绿饭盆的尺寸也不适合自己日渐长大的头。

　　对于一个军人来说，钢盔是血性的象征，遐迩百思才得其解，这还要得益于侦察兵前前。那日前前在得到遐迩将军命令后，前往邻村侦察，在一块接近半个西瓜的西瓜皮旁边停下，嗅了起来，遐迩以一名将军的气势走了过去，前前立刻讨好地坐在西瓜皮旁等待指令，西瓜皮也学着前前的样子，向遐迩送去秋波，空气中飘动着你情我愿，这次侦察活动结束后，遐迩凯旋，戴着他的西瓜皮头盔。

　　从此，瓜皮就成了遐迩的标配，在他的历次军事行动中都少不了这样的头盔。他顶着瓜皮头盔练习匍匐、急行军，对抗天空飞来的大雁敌群，山坡上飘动的草木都是遐迩训练的士兵，它们听从遐迩将军的命令。

　　遐迩将军已经拥有这样一支庞大的军队了，难道还经不起一个小小孩子带有恶意的挑衅么？遐迩沉着气，将从对面接收到的所有不屑和嘲讽摔在地上。

　　"年轻人，你会后悔的。"说着，遐迩即刻转身，坚定地向山坡走去，他将愤怒交给了脚下的青草大军，那个孩子的笑声依旧在身后田埂中回荡，遐迩还有伟大的事业等着他，他不愿再和无

士兵遐迩

关的人浪费口舌。那个孩子看遐迩走后，觉得无趣，也就不再笑了，他转身继续挎上刚才放在地上的篮子，刚走了几步，踉跄地摔在了草地上。

　　遐迩翻过被标注为二〇三高地的小山坡，抵达邻村的麦田，前前率先来到了军师的脚下嗅着此前留下的气味。军师是个个子很高、瘦瘦的稻草人，它原本是绿色的草扎成的，但受了几日清风的爱抚后，毅然变成了金灿灿的黄色，遐迩本来是不愿意收它为自己手下，因为它不能跟着自己行军打仗，只能留守原地，但看着稻草人毅然地将肤色变成了和自己一样的橙黄，便感动得收下了它，还给了它位高权重的军师头衔，遐迩将稻草人身上原本的白色衣服也染成了芨芨草绿，戴上了同样的瓜皮钢盔。其实，侦察兵前前有一阵子也是穿着绿军装的，遐迩用晾凉了的芨芨草水涂在前前身上，并给它找了一个特别小的西瓜皮钢盔，前前披着湿漉漉的芨芨草水，跟着遐迩进行了一次急行军后就感冒了，遐迩的母亲看到雪白的比熊犬变成了一只小绿狗，气不打一处来，在家里发生了一场规模不小的战争。从此，遐迩下定决心在家庭中保持中立态度，他对前前发出了新的指令，他说你以后就以比熊犬的身份打进敌人内部，你可以着便装，这是遐迩将军给你的特权。此时比熊犬刚从浴室出来，被洗回了白色，它仰起毛茸茸的头，使劲儿甩着身上残留的水渍，随后定定地看了一眼遐迩，似乎听懂了遐迩的命令，在旁边弱弱地汪了一声。

　　遐迩本来是想找稻草人军师商议一星期后对麦田中泥鳅大军的五百米奔袭，他刚刚摆出将军的架势，就看到军师木制的腿上贴着一张告示，那张告示像一个神秘的少女，轻柔地站在遐迩面前，遐迩眨了眨眼睛，少女竟开口说起了话：亲爱的遐迩将军，今天晚上有你最爱看的电影，你还记得那场电影吗？你是因为看了那场电影才变成了现在威风凛凛的将军，就在村委会前的那片空地上，里面的士兵让我通知你，你们彼此想念，一定要来。说着，少女随着温柔的风飘散在空气中，无影无踪。前前突然兴奋得叫了起来，它好像看见了那个少女向村委会飘去，迫不及待地追逐着。

现在还是上午，但村委会前已经有人提前搭好了露天电影的放映架，一张白色大幕布放在了村委会两层矮楼的正中间，正好挡住了那块裸露的被风雨蚕食的红色墙皮，幕布正前方码放着几排座椅，那一定是为村委会领导和德高望重的长辈们准备的，作为月儿谷村的孩子，他们总是在电影还没开始时就自动地坐在了第一排的前面，当然，这些孩子是不用椅子的，他们喜欢直接坐在大地怀中的感觉。时间如流水，一盆水还没接满的工夫，就到了晚上。

此时村委会前的空地上挤满了人，大家自觉地空出了那几排椅子，只有孩子们吵吵闹闹地往前挤着，他们老早就看见了遐迩顶着个西瓜皮坐在了正中间，旁边还有他的狗。

"瓜皮头，给我走开。"

"凭什么让我走开？"

"就凭你头上的瓜皮。"此时前前已经发出了愤怒的呜呜声，它娇小的身体在一旁抖动着，随时准备为遐迩发出攻击。

"我不会走的。"遐迩话音未落，后面突然出来一个高大臃肿的胖子，他是村支书的儿子，虽然也是个孩子，但每迈一步，遐迩都能听见他脚下尘土发出的呻吟，那些无辜的尘土就像被踩住了手脚的小动物，随后痛得在半空中腾起。胖子来到遐迩身边，发现遐迩坐的是正中的位置，二话没说就将遐迩推了个趔趄，侦察兵前前发现遐迩将军的安全受到威胁，迅速跳到胖子的大腿上狠狠地咬了一口，胖子立刻收起霸道，露出孩子的无能，大声哭号起来。大家一看，迅速商量着，结果就是，所有孩子都被安排在父母的陪同下观看电影。遐迩的瓜皮钢盔不但被母亲扔了出去，头上还挨了两下莫名的毛栗子（用中指关节部位使劲敲打头部），委屈的泪水不争气地从遐迩将军的眼睛里流出来，遐迩想，将军也有喜怒哀乐，这不是不争气，这是锻炼的泪水。

好在，虽然被强制安排在母亲身边观看，但电影还是看上了。以前，村里的孩子总问遐迩，你是当的什么兵啊？遐迩都是指着自己的绿军装郑重地说，我当的是海军，我在那个岛上。孩子们每次听到他这么说，都哄堂大笑，海军哪有穿着绿色军装的啊，他们穿的都是白色的。而遐迩当海军穿绿军装的想法就是从这部电影里来的。电影里的士兵就住在岛上，他们就穿着绿军装。

继而，白色幕布上开始播放影片《那片绿色的海》，遐迩聚精会神地看着白色幕布上的士兵，他像梦游一样如痴如幻，这个士兵一定和自己一样，是个想当将军的好士兵，他看着那个士兵的身影不断变换，遐迩不知不觉地向白色幕布走去，他想用手去摸一摸那个士兵，好在，幕布上有束光，遐迩循光而来，他伸了伸脚，一脚迈进了幕布里。

阳光温柔地落在遐迩脸上稀疏的绒毛上，遐迩兴奋极了，他找到了那个士兵匍匐过的小土坡，看到了士兵提到过的射击场，还有那些野鹿，和那片大海。夜晚，遐迩还在那个士兵曾经躺过的草地看着星空，甚至，他还捡到了士兵弄丢的哨子。可是，时间如流水，没接满一盆水的工夫，已经过了三天，遐迩又饿又累，但就是没有遇见那个士兵，他还在寻找着。就在此时，他被一个声音叫住了，那是一个里面穿着绿军装、外面套着白大褂的中年人，他脸上挂着母亲一样的愤怒，一把将遐迩抓了过来。

"通知你们三天前来报到，为什么迟到这么久，还想不想当兵了。"遐迩一听是来当兵，立刻兴奋得使劲点头。大声回答着

"想！"

从此，这个名叫《那片绿色的海》的电影中多了一个情节，军营在离海边不远的地方新建了一个农副业基地，一个长着娃娃脸的士兵本来是不愿意去养猪的，逃了三天，最终想清楚找到了组织，变成了一个合格的军营饲养员。

二

一个士兵正盘算着邮局前阵子打电话来说要送达的包裹，他等了好多天，可是好多天来海上的风浪都不见平息，这样一来，没有哪个人或哪家邮政公司会为了一个小小的包裹而不顾自己的生命安全，送到这个只有一个士兵一个哨所的小岛上。于是这个士兵等啊等，他希望天赶紧晴起来，这样海浪也会有所收敛。他以前一直认为，只有雨天才是诗意的，但面对浩瀚的大海，他的那点可笑的想法显然有些微不足道。

小岛将近一个月的阴雨，让这个士兵开始怀念那些有阳光的日子来，他还是第一次觉得，自己和太阳的关系发生了改变，那些几个月前还咬牙切齿的厌烦感已经在久违的阳光下冰释前嫌。

此刻，他就像山坡上的小草一样，伸展着潮湿的筋骨，任凭太阳温暖的抚摸。蒸腾的水汽不断从青草的褶皱中溢出，毫不费力地漫游到不远处的海面上，纵身一跃，成为大海。这里的海是一个情绪化严重的姑娘，动不动就戴上乌黑的面纱和太阳撒起娇来，多的时候一个多月都阴雨连绵，好在，今天太阳出来了，风也收起了自己严肃的一面，变得温柔可人。

他想着如果不出所料，邮局会在两个小时后送来货物。

他发现果然不出所料，邮局真在两个小时后送来货物。

那是从陆地营区邮过来的小包裹，它在邮局的船舱里蜗居了将近一个月，也许是由于一直无法送出，货仓又不断接收新包裹的原因，士兵的这个小包裹在重见天日的时候，俨然变成了一个抽抽巴巴的老太太，早已失去了少女曼妙的身姿。

士兵将包裹拿回哨所，一起被带回的还有附着在包裹上不愿意走的尘土，他用裁纸刀将封住包裹的宽胶带从正中间划开，继而这个小小的纸箱犹如被开膛破肚般发出一声微弱的呻吟。里面是一袋芒果干、五本书和一张照片。

士兵想着，还好是芒果干，如果是新鲜的芒果，耽搁了这么久，定会像个嫁不出去的老姑娘自觉站入芒果干的行列。他把袋子拿起来，用鼻子好好闻了闻，他希望能从这尚未打开的袋子的某个接缝处嗅到香甜的芒果的气息，士兵仿佛瞬间变成了一台鼓风机，开大马力使足够的附着在袋子上的香气吸入肺腑，然而，这种味道依旧只能通过对袋子上印着的两颗沾满露水的芒果的想象来完成。他现在没有打开芒果干的袋子，并不是因为他不想吃，而是再过几个小时，跟他换防的另一个士兵就来了，他想当着他的面豪爽地把袋子撕开，将里面最大最饱满的芒果干给他的搭档，他想象着另一位士兵吃到那颗最大的芒果干时唇齿之间流淌出来的满足，他回过神，将芒果干放在了一边。

他继而拿出包裹里的书，分别是《奇妙的世界》《时间简史》《小径分岔的花园》，他琢磨着，这不是排长的性格啊，虽然跟排长说过自己想要一些先锋类和科普类书籍，放在包裹最下面的是一张用部队通用的黄色牛皮纸装着的六寸照片，那是他和另一个哨兵的合影，也是唯一的一张合影。两个月前，一个军事记者随小艇在他们换防时拍的，他在照片的左边，正在登船，另一个哨兵在照片的右边，正在下船，他们手拉着手交换位置。士兵心想，这照片拍得真不错，有大海、有哨所，还有船和手拉着手，主题鲜明、寓意准确。士兵抬头看了一眼墙上的挂钟，距离换防

　　　　　　　　　　　　　　　　　　　　　　　　茉　莉　|

时间还有三个小时，他拿起那本《时间简史》坐到了书桌旁边，他想毕竟这是本关于物理学知识的书，对以后的考学提干还是有用处的。

他刚翻开书，就听见一个沉郁老者带着回旋似的声音说道："最近十年的观测已经确认宇宙的年龄为一百三十七亿年。科学家还认为我们生活其中的宇宙是开放的，并永远膨胀下去……人类时空观和宇宙观的变革……我们正前所未有地接近理解宇宙的本性……"士兵手里的书不知在什么时候自己走到了哨所的空墙前，给他讲起了量子引力、虫洞和时间旅行，整个哨所瞬时置身于浩渺神秘的宇宙之中，士兵看到远处那片飘浮的紫色星云，还有爱因斯坦发现的黑洞，它们像一团蜂窝煤似的在那里旋转，他盯着这些黑洞，不自觉地也旋转了起来，速度越来越快，他感到有些眩晕的恶心，大脑在引力波的作用下不断运转，终于，在达到一个极值时戛然而止。

士兵坐起来，一束阳光趴在他惊醒的脸上，带去自然的慰藉，他又睡着了，他一看理科的书就睡着，这是他的老毛病。桌子上的《时间简史》停留在第九十二页"如果时空没有边界，则不需要指定边界上的行为——不需要知道宇宙的初始状态，不存在我们必须祈求上天或者某些新的定律为时空设定边界条件的时空边缘"。士兵抬起头，看了一眼墙上的挂钟，距离换防时间还有三个小时。他觉得《时间简史》太烧脑了，从书名上看，自己应该找一本相对轻松的书来度过换防前的时光。

他打开了《奇妙的世界》，他对这本书很满意，里面竟是些奇奇怪怪的事情，比如这本书里说，有一个孩子总将自己想象成一个将军，一条比熊犬是他的侦察兵，他还有一个稻草人军师，这都属于孩童的奇妙幻想，并不足为奇，奇妙的是，在他看了自己崇拜的一个关于士兵的电影后，他竟然走进了电影里，成为了电影里的新角色。

　　士兵接着翻着，他很着迷。五分钟、十分钟、一个小时，在还差半个小时的时候，士兵突然抬起头，发现自己不能再看书了，这样会耽误换防的时间。他要将换防的登记本和资料准备好，并将这个不大的房间收拾收拾，保持清洁。士兵看着还在手里的书，他太喜欢这本《奇妙的世界》了，他想把这本书带到船上接着看，但他又不忍心折上书页，弄伤它娇嫩的书体。士兵转了转头，看到了桌子上的那张照片，照片是从岸上寄过来的，他想，另一名换防的士兵一定早就拿到了，不如用这张照片做个书签。真是个好主意，他用食指肚划着照片又端详了起来，他发现照片四周有多余的留白，这是洗照片经常会有的留白，它们真难看，他立刻从抽屉里拿出剪子，顺着白边剪下去，剪着剪着，他想起了刚才书中的情节，双胞胎姐姐不慎从马上跌落，摔伤了腿，送到医院时发现，双胞胎妹妹也被同时送了进来，竟也摔伤了腿。士兵轻轻摇头感慨，世界上竟真有这样奇妙的事。

　　此时，一只海鸟一头撞在窗子上，他一分神，手中的照片被剪刀划了个口子，正好划在另一个哨兵的肩膀处。

　　"滴滴……滴滴滴……"他还没来得及进行换防准备，换防小艇就来了。他迅速穿上外套跑了过去，他站在左边，准备登船，另一个哨兵站在右边准备下船，他伸出手准备交换位置，却看见另一个哨兵捂着自己的肩膀疼痛难忍。

　　"你怎么了？"

　　"我也不知道怎么，就在刚刚，肩膀突然疼起来，出现一个大口子……"

三

遐迩被那个里面穿着绿军装、外面套着白大褂的中年人带到军营后才知道，他是他们的司务长，他长着一张包子脸，所有五官都向中心聚焦，而实际上，他并没有看起来那样上年纪，不过，每当司务长说话的时候，遐迩就觉得他脸上的汗毛和眼睛，还有肥大的鼻头似乎是同一条电路上串联的不同元件，都会跟着嘴巴的上下张合而肆意涌动。司务长给了遐迩一套绿色军装，把他送到军营的养殖场，交代几句就走了，遐迩恍惚觉得，那张并未生气却带着随时准备愠怒的脸像极了他的母亲。

军营的养殖场在岸边的一个小草坡旁，那个小草坡仿佛是遐迩每天练习冲锋的二〇三高地的孪生兄弟，有着相同的高度和容颜，但和电影中士兵待的草坡不同，没有哨所，更没有酷酷的射击场，它只是一个弥漫着动物臊臭味的小房子，小房子第一眼看见遐迩就喜欢上了他，正热情地跟新饲养员打着招呼。

而此时的遐迩，应该称，坚信有一天会变成将军的士兵遐迩，正兴奋地站在这个刚刚被他命名的二〇四高地上，双手叉腰，昂着头俯视着面前准备收编的小房子和一切草木，从海面吹来的风如情人的眼睛，充满爱意地望着他。遐迩知道，伟大的事业已经开启，此时此刻，自己是一个真正的军人了，他有了真正的军装，这军装正穿在一个充满抱负的士兵的身上。遐迩想，如果现在侦察兵前前和稻草人军师在身边，它们一定会为了这一伟大的时刻的到来而发出振奋人心的狂想。

遐迩迈着膨胀的步伐走向小房子，带着开启伟大事业的必胜决心猛力推开了并未上锁的白色小门，门板由于毫无防备而重重地摔在一侧的墙壁上，惊醒了郁郁寡欢的墙皮和正在小憩的飞虫，一束光随着遐迩的到来而冲进屋内，非常配合地将他的身影映在地上并无限放大拉长，住在小房子里的三只小猪惊奇地看着眼前的这个士兵，甚至忘了它们最喜欢的哼叫。

遐迩很快就以一名将军的身份将三只小猪编为三个战斗集群的集群长，每天向草坡那边的蚂蚁部队发起冲锋，最先冲锋并捣毁敌人移动司令部的战斗集群集群长可额外获得一根胡萝卜，对于三只小猪来说，蚂蚁部队是个组织严密、严守纪律的劲敌，它们擅长工事，会在极短的时间内构建掩体，以混淆视听的方式不断迂回挖沟，它们还会在半夜时分打入集群司令部大本营，破坏小猪集群长的分区栅栏和食槽等军事设施。

随着战斗的不断深入，那片温柔的小草坡早已变成了军营特有的沙场土坡，蚂蚁部队的攻势也日渐衰落，深入敌人内部的沙粒告诉小猪，蚂蚁部队已经做出了整体迁移的指令，放弃对二〇四高地的占领。

时间如流水，刚刚接满一盆水的工夫，时间已经过去了大半年。三只小猪在遐迩将军的带领下早已褪去了幼年的青涩，成长为三头壮汉。看看它们发达的大腿，蓬勃的肌肉上爆着青筋，还有那有力的猪尾，左右一个来回就能消灭一个连的飞蝇，它们的眼睛，永远燃烧着不灭的火焰，就连那阔叶林般的耳朵，都警觉地谛听着来自敌方神秘的私语。

这一切，都让遐迩欣喜，而更欣喜的，还是司务长，他带着罕见的兴奋和两个炊事员来看望遐迩的集群长官们。

"这是我见过的长得最快的猪。"一个炊事员说。

"它们的肌肉紧实而有力。"另一个炊事员说。

"丰收，丰收。"司务长说着，将三只强壮的猪赶出小房子，他告诉遐迩，它们有更重要的使命要去执行，遐迩带着敬重的目光和他的三个集群长官一一拥抱告别，并盼望它们早日载誉而归。

遐迩等啊等，等啊等，那么久，那么久，三个集群长都没有回来，带有沙场气质的小土坡慢慢变回了小草坡，遐迩坐在草坡上，望着他的青草大军，还有那些早已攻占二〇四高地的蚂蚁部队士兵们，发出了一声惆怅的哀叹，这声哀叹不知何时传到了司务长的耳朵里，他又来到了这片小草坡，带着父亲的温柔将遐迩拥入怀中，给他讲起了三个集群长英勇就义的故事。

遐迩的三头战斗集群长英勇就义后，司务长怕遐迩过度伤心，就将他调离了这片充满爱和回忆的小草坡，他被分配到了量子战斗排。他的排长你们都认识，还问我是哪个排长，整篇小说我只写过一个排长，对，就是他。

遐迩被分配到了量子战斗排，脚跟还没站稳，排长就接到了一项任务，量子战斗连连长一周后要来量子战斗排考核士兵的射击技术，这是一个有着极为骄人战绩的战斗排，特别是它们的射击技术，每名士兵不光人人上靶，而且靶靶十环。但作为量子战斗排的排长，他始终坚信，好成绩是练出来的，不练就生疏，生疏了再练就会像飞出去的子弹，一旦偏离再也无法矫正方向。所以，排长将所有士兵带去打靶场，进行为期一周的射击训练。

遐迩兴奋极了，他一下子认出了这个射击场，这就是电影中那个士兵经常提到的地方，灼热的阳光下影影绰绰的靶子，石英石上整齐码放的十五式自动步枪，还有那跃跃欲试的成箱的子弹，空气中充满着机油和沙土的冲击波，它们躁动不安，在快速寻找最佳神枪手。

遐迩学着其他士兵的样子趴在石英石铺就的靶位上，它们与阳光激吻后愈加热烈，蒸烫着遐迩军装下的每一寸皮肤，遐迩喜欢这种热度，多少次在月儿谷村的冲锋，他拿着母亲的晾衣竿，将它想象成威风凛凛的十五式自动步枪，在无数场战役结束后，那杆步枪有了灵魂，再也不甘心做回一根碌碌无为的晾衣竿，就连晚上，它也是笔直地站在遐迩家的门口，以一杆十五式自动步枪的身份带着森森威严。而此时，遐迩手中握着的是真正的步枪，它有着线条完美的肌肉，每一寸金属放在一起组成它冷峻的面容，他们对视一眼，立刻确认就是对方。

"最里侧那个兵，听我口令，立正！"遐迩刚刚找到自己心爱的步枪，还没有从那种恋爱的温热中走出来，就被排长的一声口令吓得一激灵，立刻站了起来，双手慌慌张张地放在裤缝线两侧，裤缝线看到遐迩的手心淌着惊魂未定的汗珠。

"单个军人射击动作，动作要领……"排长带着雄狮一样的威严，细致果敢地教授起遐迩如何射击，因为他发现，遐迩并不像其他士兵那样，对射击轻车熟路，他趴在那里如同一个懒洋洋的正在晒太阳的小动物，这样的小动物准备动作都漏洞百出，怎么可能通过一星期后的射击考核呢？所以排长决定，单独训练遐迩。

时光如流水，刚接满两盆水的工夫，距离考核时间仅剩一天。

对于聪明的遐迩来说，他当然已经学会了射击的准备动作，可是，可是在那个令人不安的下午，遐迩射出的子弹一发又一发，不是钻进不远的空地扬起一小片尘土，就是飞过云朵消失得无影无踪，总之，没有一颗子弹落在靶子上。

需要声明的是，那个令人不安的下午是士兵们射击考核前的最后练习，排长要求，无论如何都要练出点成绩。

可士兵遐迩，一个人打完一箱子弹后，靶子上仍旧空空一片，别的士兵都拿着刻满战绩的靶子回去了，唯有他，被排长严厉地揪起一只耳朵。

"你还不如一颗子弹，别管射没射中，至少能听见一声响。"排长的眼睛燃起了火焰，士兵遐迩面红耳赤，他真想此时此刻就钻进弹壳里，把自己藏起来。于是他迅速变小，真的封进了一颗子弹之中。

从此，他和散落在靶场的空弹壳一起，在狭小的空间中感受烈日的炙烤和寒夜的冰霜，他用弹壳中混合着泪水的火药写了一封长长的信，隔着子弹壁的厚重，他听见靶场里的欢笑与愤怒，以及被子弹壁放大无数倍的枪声，这里犹如一个回声桶，不断加深他的疼痛。

他还要躲避运送弹药的卡车，害怕自己被载向更远，那么多思念只得在远远的土地上发芽……

又是一天下午，一个士兵惊喜地在成堆的废弹壳中找到一颗完好的子弹，它被迅速装进枪膛，扣响扳机后，飞向靶心……

"尿床！尿床！昨天刚洗的床单！再不起来我就把你扔到狼窝里去。"一个身穿灰色格子围裙的胖女人愤怒地拧起遐迩的耳朵，他疼得大声叫了起来，这声音绝不亚于子弹在靶子上开花的声音，清晨的阳光听到后，惊得摔在了屋顶上，碎成斑斓的晶体，站在苹果树上的几只喜鹊也停止了歌唱，机警地挥动着翅膀飞走了，徒留几片瑟瑟发抖的落叶。

没错，遐迩回来了，他就住在《奇妙的世界》第十二页最后一个字和第十三页第一个字中间，不信的话，你去翻翻看。

原载于《解放军文艺》2020年第5期

圆形诗篇

　　我的邻居是个怪人，从我搬到这里后，就从来没见过有人从隔壁走出来过。可是，隔壁的灯在每晚六点整，一定会准时点亮，随之就是叮叮当当细小的敲击声，它们透过厚厚的墙壁，蚊虫嗡鸣般微弱地传到我的耳朵里，直到第二天清晨六点整，这些敲击声便如气态水一样，藏匿到空气中，仿佛不曾存在般平静。对于这种每晚的敲击声，因为分贝不是很大，不仔细听根本听不出来，所以我也没有因为这件事去投诉过我的邻居。我得知隔壁住的是个怪脾气老头这件事，是在一个乌龟奋力爬到海边产卵的夏季清晨，他家的门仿佛也要在这个时间出来产卵一样毫无预兆地敞开了，我正拎着垃圾袋，准备出去倒垃圾，看到邻居的门开着，出于好奇，我跑到那里盯着往里面看，房屋虽然长久地封闭（从我搬来这里至少五年，除了门，我也没有见过邻居开过窗），却并没有我想象中恶臭组成的绿色怪兽飞门而出，但我发达的鼻腺还是在第一时间帮我敏锐地捕捉到了淡淡的机油和海浪长期拍打的岩石气味，还没等我好奇的小天使充分展开翅膀飞进去瞧个究竟，邻居的门就像受了惊吓一样，"咣"的一声狠狠关上了，在还没关上的一秒钟前，我清楚地看到，门是受了一条套着过时尼龙布做的棕色外裤的腿和一个穿着大约四十三码老人鞋的脚指使的，它们带着愤怒指责我的偷窥，我的目光随门一起被重重地摔在门框上，裂成好几瓣，随之摔下的还有门框上长年累月的灰尘，它们不早不晚，惊慌失措地刚好落到了我的鼻尖上，那天，我人生第一次切身体会到了"碰了一鼻子灰"的感觉。

这次以后，又过了快两年，才迎来了我和邻居的第一次正式见面，那晚我正仰躺在深蓝色粗麻布装饰的布艺沙发上，脸扭曲地对着天花板为一个名为《哭泣的藏马头》的小说中女主人公之死而暗自神伤，整个房间都是我的泪水，它泡湿了屋中的四腿木床、圆形饭桌、五门衣柜甚至是用宠物比熊犬身上的毛做成的地毯，家具们在浪涛中奋力挣扎，突然，我听见这些挣扎中还夹杂男人的呼救，带着沙哑的苍老，陌生而断断续续。我立刻从沙发上坐起来仔细聆听，家中的四腿木床、圆形饭桌等家具也已经收起了它们多愁善感的一面，和我一起坐在地板上仔细地听，呼救声更明晰了，它们和每晚六点整传来蚊虫般嗡鸣叮叮当当细小的敲击声来自一个方向，一定是邻居。

我匆匆跑出去，看到从隔壁的门缝里不断逃出的惊慌失措的浓烟，是什么着火了吗，我立刻返回客厅，将母亲挂在墙上的一把斧子取下来，向邻居家的门锁砍去。至于我家客厅为什么会有一把斧子，那是因为母亲一直笃信斧的读音和福字一致，她特意从市场上买了一把最大的斧子给我，倒栽着挂在了客厅空荡荡的墙上，斧倒即为福到，没想到这把斧子在这个时候派上了用场，不到五下，邻居木质的大门就被我劈开了，我一眼看到那条套着过时尼龙布做的棕色外裤的腿和一个穿着大约四十三码老人鞋的脚的主人躺在地上，发出微弱的呻吟，我将他送到医院，并请来消防队清除了他家中小小的火灾。

那天之后，邻居换了新门，同时也迎来了万物新生的时节，在我搬到这里七年后，我第一次被邻居邀请进了他的家。即使外面气候炎热，邻居依旧穿着那条过时尼龙布做的棕色外裤，晨光随着门的逐渐打开缓缓爬到地板、冰箱，然后延展到冰箱后面的砖红色墙壁和木质天花板上，反射出钻石般的彩色光晕，邻居是个块头很大的老头，脊背厚实而向外隆起，脖子沟壑嶙峋，褶皱生得跟老海龟一模一样，甚至还有未褪尽的鳞片，他坐在一把藤椅上正伸长脖子出神地看着自己面前的画。那是一幅巨大的、尚未从画架上取下的油画，油画中一个少女正半掩容颜娇羞地坐在椅子上，她穿着半个多世纪前流行的深红色绒缎面旗袍，水波纹的黑色秀发盘成一个优雅的发髻梳于脑后，神态娇羞如等心上人般令人心醉。邻居知道我来，缓缓地挪动着他已经伸得很长的脖子，似乎有了龟的性质，而身体却还是坐在藤椅上一动不动，仿佛藤椅四处都长着根须，延伸到老人的骨髓和地板深处。此时，老邻居耷拉着半睁半开的好几层眼皮，用他堆砌着褶皱的深紫色嘴唇告诉我，他叫遐迩，今年九十九岁。他说话的速度跟他的年龄一样衰老，就在我收听他说话声波的空当，我发现这间屋子挂满了放大镜，它们拥有不同的尺寸，漫布在青色霉菌欢乐生长的墙壁和天花板上，一个紧挨着一个，挤得不像话，最大的放大镜犹如一头黑白斑点的母牛，而最小的一个，甚至不足初生婴儿最小的指甲盖。

"把它取下来。"老邻居遐迩发现我用惊奇的目光看着他满墙挂着的放大镜，随手指了一个，我取下那个正在晒太阳的放大镜，它就像深海里的一枚小海螺，不情愿地用自己的吸盘抵抗着我的拉拽。其实我也没有多么好奇，遐迩年龄大了，需要用多个放大镜来找东西再正常不过，只是在一般人家里，可不会如此数量可观。我将放大镜递给他，而老邻居遐迩却招呼我和他一起看那幅画。

"这姑娘很美。"我说。

"那当然。"老遐迩的双眼像突然放光一样回答着我，那一瞬间我发现，夸赞会给他以年轻的力量，并不像刚才看上去那样苍老。

"你仔细看这幅画有什么不同。"老遐迩用手指着画，我顺着他手指的方向这才发现，画中年轻女人身后有一面斜放着的镜子，这面镜子正好将正在作画的画家和所画的画照了下来，而再当我从油画中的镜子的映像中仔细观察，发现油画中镜子的映像里，依然有着一个正在作画的画家和他所画的画。我不断地从油画中的镜子中找油画中的镜子……连续找了十五层，直到第十五层的镜子中的映像变成一粒黑芝麻那么小。

我揉了揉眼睛，"简直绝了。"我惊讶道。

老遐迩看到我的反应，满意地将我刚刚递给他的放大镜重新放回了我的手上。

我举起放大镜，透过镜片对着那个已经变成一粒黑芝麻的点照去，"我的天啊，我瞧见了什么！"我不禁大喊出来。

"这是二十八级放大镜，你可以放大到油画中的第二十八层镜面映像。"老遐迩在一旁得意地说着，仿佛他自己年轻了二十八岁那样令人兴奋。我确实看到了第二十八层，连里面姑娘的发丝都清清楚楚。

"我平时不太关注油画，但这幅画，我一辈子也忘不了。"我说。老遐迩又从墙上取下了很多放大镜，它们是三十六级、九十八级……甚至是放大倍数惊人的三千四百五十六级放大镜，就是那面整个屋子里最小的、还没有初生婴儿指甲盖大的那一面，我一个接着一个看，一面接着一面接过老遐迩递来的放大镜，一层一层的油画中、油画中一面接着一面的镜子，镜子中一个接着一个年轻女人，女人瞳孔中一位接着一位画师，看到最后，我甚至觉得这个一直坐着的穿着深红色绒缎面旗袍的女人将盘在脑后的水波纹发髻散开，又优雅地将其盘了起来，不断重复，直到我已经目光眩晕……我感到自己站在了天花板上，一切都跟年轻女人水波纹的发髻一样诡异地波动起来。

"我还有放大镜，如果你想接着看。"老遐迩的话将我拉回到现实，他睁大了眼睛无比兴奋，似乎很享受把我搞晕的恶作剧，龟一样的脖子伸得很长。

"您还有更大倍数的放大镜？"我惊恐地问。

"当然。"老遐迩立刻起身，从里面屋角推过来一个奇怪的机器，老遐迩动作麻利仿佛又年轻了十几岁，无论是脖颈处的皱纹还是生根的脚。那机器身披银灰色外皮，伸着很多针状天线，仿佛一只巨大刺猬，刺猬的肚皮处有一个观望镜，老遐迩让我把眼睛凑近观望镜，此时我闻到了第一次路过老遐迩家门口时飘出的那股淡淡的机油和海浪长期拍打岩石的气味，原来这种气味来自这台"刺猬"。

"这是我每夜制作的超无限放大镜，用它，你可以看到这幅画的二的一百二十八次幂层中的少女。"老遐迩的脸贴近我，眼睛眯成了一条缝，神秘并充满期待。

"那么如果我想看这幅画的二的一百二十八次幂加一层怎么办？"我戏谑地问，没想到他却突然悲伤起来。

"如果你想看二的一百二十八次幂加一层，谁知道呢，那只能等我将新的超无限放大镜做出来以后，而且，"老遐迩更带悲伤地说，"而且，因为我没有更高倍数的放大镜，谁知道呢，至今，这一层我也没有画出来。"说着，老遐迩的头低了下去，长长的脖子使得他的耳朵直接耷拉在了大腿上，显得无比悲凉。

我惊讶地问："是您画了这幅画？"

老遐迩略微抬起头，眼中的悲凉并未退去，"画中镜子里映照的那个画家，谁知道呢，正是年轻时的我。"

为了让老遐迩开心一点，我又躬身摆弄起了老遐迩的那台

"刺猬"，这真是一个神奇的世界，当我将目光投到"刺猬"的肚皮上后，我仿佛整个人都掉入了一个时间黑洞，那里有无数的少女、画家和镜子，而且，他们仿佛在变年轻。

"他们就是在变年轻。"我明明是在心里说的这句话，却被老遐迩听见了，他大声地肯定着我的想法。

"你说画中的人真的在变年轻？"

"当然！"老遐迩斩钉截铁地说，"我们做一个假设，谁知道呢，你在照镜子，那么镜子中的你一定是之前的你，而并非现在的你。"

"之前的我？"我大惑。

"是的，你的映像通过一定的时间反射到镜子上，你的眼睛再看见镜子中的自己，这需要一定的时间，虽然这个时间非常非常地短，但如果我在作画，谁知道呢，这个时间我不可以忽略。"老遐迩一脸认真地说。

"也就是说您画中的少女和画家在经过无数次的镜子的映照，变得越来越年轻？"

"是这样的。"

"这幅画您画了多久？"

"从我二十岁的时候。"

我看着遐迩衰老的脸庞惊得说不出话来。

"而且，这幅画依旧没有画完。"老遐迩说着，继而又转入了悲伤，他将头埋进两手之间，呜呜呜哭了起来，我从他满是泪水的世界中听见他嗡嗡地说，这场比试，我从一开始就输了。说着，他的整个身子都缩了起来，带着褶皱的脖子和穿着棕色外裤的腿，都缩进了宽厚的脊背之中，老遐迩在我的眼皮底下变成一只人形乌龟。

那天我在他家里等了好久，老遐迩一直在哭泣，接下来的事，都是第二天老遐迩窝在龟壳里告诉我的。

遐迩说，他刚满二十岁的时候爱上了一个叫作安妮的姑娘，就在他登门求婚的那天，遐迩发现安妮家里同时来了三个向安妮求婚的年轻人。

"这是怎么回事？"我问。

"我当时的反应跟你一个样，谁知道呢。"遐迩在龟壳里瓮声瓮气地说，"三个年轻人都是二十岁左右，都想娶到美丽的安妮。"

"天啊，那最后谁娶到了安妮？"老遐迩一直用他宽厚的脊背对着我，我仿佛在跟一个龟壳说话。

"安妮的父亲是个贪婪的家伙，他让我们都拿出一件最有价值的宝物。不过时间上倒是宽松，他给了我们每个人三年。"

"难道你想送面前这幅画吗？"我问。

"唉，这场比试，我从一开始就输了。谁知道呢。"老遐迩仿佛又往脊背里收缩了一寸，我听到他的整个"龟壳"又空了些，他苍老的声音在里面回荡。

老遐迩一边哭，一边接着跟我说："我当时可是城里要价最高的画师，所以我答应给安妮的父亲一幅画。就在当天，安妮就坐在了我画室的那把藤木椅上，她穿着深色红丝绒旗袍，梳着水波纹的黑色发髻，简直就是仙女。但从我开始给安妮作画的第一天起，我就知道了，这是一幅永远都画不完的无止境的画。"

"因为你发现安妮身后还有一面镜子。"

"是的，我到现在也不知道谁在那里放了一面该死的镜子。谁知道呢。"我听见老遐迩在他的龟壳里不停地跺脚，来表达他的愤怒，"可是作为一个画师，谁知道呢，就算画一辈子，我也要尽力接近完成这幅画的程度。"

我用手轻轻敲了敲老遐迩的龟壳，希望他能好过一些。"那后来剩下两个年轻人娶到安妮了吗？"我问。

"听我慢慢说，谁知道呢。"老遐迤动了动，"我们三个中的第二个人是个探险家，他叫尼克，他说他有一张藏宝图，他将按照藏宝图找到里面的宝藏，然后全部交给安妮的父亲。"

"他哪来的藏宝图？"

"谁知道呢。"我知道，老遐迤的这句话并不是口头禅，而是真的不知道这个藏宝图来自哪里，据老遐迤分析，也许来自尼克的某次历险。说到尼克，老遐迤似乎有了些许的安慰，他慢慢将头从龟壳里伸出了一点，这时，我能从他脊背的位置看到几根稀疏的毛发。

遐迤说，从尼克的眼中，他似乎看到了跟自己同样的对安妮的爱恋，那是一把灼热的爱情火焰，燃烧着年轻的尼克，那天尼克对安妮的父亲做完保证后，就起身离开了，当他回来时，已经过去了整整一年，那时，遐迤才画到第一百五十三层镜面。

"他的衣服都被风吹烂了。"老遐迤啧啧地说。

"他带回了宝物？"

"当然。"老遐迤现在已经转了过来，他不再用他宽厚的脊背对着我，我从他并未完全伸出来的脑袋里，看到了嫉妒、惊讶甚至悲悯。

"快告诉我宝盒里是什么？"我迫不及待地问。

"我们所有人都围着那个宝盒，连安妮家的仆人都里里外外将宝盒围个水泄不通。谁知道呢。尼克小心翼翼地拂去宝盒外面安家已久的尘埃。"

"然后呢？"

"然后他一屁股坐了上去。"老遐迤说，尼克当时真的一屁股坐了上去，开始跟大家讲他是如何找到这个宝盒的。虽然在场的所有人都想马上看到宝盒里到底藏着怎样的绝世珍宝，但尼克依然坐在宝盒上，给大家讲起了寻宝的过程。

"哎呀，遐迩爷爷，那您先告诉我里面是什么嘛。"我急得不行，可是老遐迩看到我这个样子，更是打算先卖个关子，他学着尼克的样子，津津有味地给我讲起了尼克经历的探险。尼克先是翻过了七十七座住着山神的山，蹚了四十九条有龙王生活的河，探访了三十六个乌鸦漫天的村庄，染了十八次让身体变成奇怪植物的病之后，才在一个活火山的洞口里找到了宝盒。

"尼克的手颤抖着，像是要给山神献礼一样，缓缓地打开宝盒。"老遐迩一边讲，一边神秘地看着我，"你猜里面是什么？"

此时我已经非常不耐烦了，我拿着一个放大镜有意无意地把玩着，"难道住着魔鬼吗？"

"哈哈哈哈，你猜对了"老遐迩突然完全从龟壳里伸出了四肢，带着掩藏不住的幸灾乐祸。

"啊哈？魔鬼长什么样子？"我现在不知道老遐迩是在骗我还是当时盒子里真的住着魔鬼。

老遐迩的嘴角露出一丝窃喜："魔鬼长着地图的样子。"

"难道宝盒打开又是一张地图吗？"

"是啊，没错啊，谁知道呢，尼克带回来的宝盒里竟然放着另外一张藏宝图。"老遐迩耸了耸肩两手摊开，一副难以置信的样子。遐迩说，在接下来的两年里，尼克又不断地穿越高山、河流、村庄，不断地结交山神、龙王和乌鸦，有几次因为染病，还变成了一棵相思草，他不断地给安妮的父亲带回宝盒，宝盒中不断地出现新的藏宝图，他就这样一直一直一直找着。

"难道他跟你画画一样，找了宝盒一辈子？"我问。

老遐迩听见我拿他和尼克比，眉毛向上扬了一下，有些不屑。"他后来疯了。"

"是因为一直找不到真正的宝藏吗？"

"不是的，尼克最后找到了宝藏，谁知道呢。"

"那宝藏是什么？"

"是一个，谁知道呢，一种能组成万物的东西。"遐迩说，尼克虽然不断地在宝盒中发现新的藏宝图，新的藏宝图又让尼克不断地找到其他宝盒，但藏宝图的范围越来越小，宝盒的尺寸也越来越小，它们从一个地区不断不断缩小到一座山，从一座山缩小到山里的一条河，从一条河缩小到附近的一间草房，从一间草房缩小到里面的马厩，从马厩缩小到里面的一个草堆，从草堆缩小到里面的一根稻草上的微尘，藏宝图所指向的宝盒尺寸也越来越小，只不过每次，藏宝图都给了不同的路线，尼克还是要跨过山、越过河，从完全不同于上一次的路线去寻找宝盒。

"最后的宝盒里到底是什么？"我很好奇。

"我说了，谁知道呢，那是一种组成万物的东西。因为宝盒的旁边放着一张说明。"遐迩说，"那张说明上写着，恭喜你，找到了世间最珍贵的宝藏，这是一颗原子，原子组成万物，万物皆为原子的不同排列组合形式，如果你足够聪明，可以将原子变成黄金、钻石、一座城或只是一个陪你睡觉的小枕头。"老遐迩边说边观察我的反应。

"可怜的尼克。"

"是啊，可怜的尼克，谁知道呢，他找到原子后，将它带给了安妮的父亲，安妮的父亲觉得这颗原子是尼克糊弄他而送来的假宝藏，竟然把尼克轰了出去。"遐迩说后来尼克尝试了很多种方法，都无法将原子排列组合成真正的黄金、钻石或任何安妮父亲口中的宝物。

"那么安妮最后嫁给了第三个人？"

"也没有，谁知道呢。"老遐迩深情地看了看自己画中的安妮，陷入了无限的回忆当中。

说着，老遐迩又缩进了他厚实的脊背里，变成了一只人形乌龟。

"那第三个人是什么样的啊？遐迩你出来啊。"我摇晃着老遐迩的龟壳，可是他就是不肯出来，他拒绝出来，我听见龟壳里一声绵长的感叹，那感叹似乎带着主宰命运之意。那幅画里的安妮看着缩在壳里的遐迩，笑得和七十多年前一样灿烂，"遐迩，你不出来也行，但告诉我结局啊。"我用随手拿的放大镜敲着他龟壳一样的脊背，好像给他敲疼了。

"谁知道呢，你这个邻居，不要弄坏了我的放大镜。"老遐迩在壳里嘤嘤地说。

"安妮最后为什么也没有嫁给第三个人？"我问。

"谁知道呢，你看过《会飞的大象》吗？"老遐迩在龟壳里小声地问。

"《会飞的大象》？是本小说吗？"

"是的，谁知道呢，你可能没看过。"

"我确实没看过啊，怎么突然跟我讨论起小说啦？"我很奇怪老遐迩的脑回路。

"那你有没有看过《国王和士兵》？"老遐迩并没有转换话题，依旧跟我谈着小说。

"这本倒是看过，里面有很多名字为英文字母的国王，讲他们守城、攻城、失去城池的故事。"我无奈地接着老遐迩的话茬。

"谁知道呢，那你应该也看过《茉莉》吧。"

"《茉莉》？这本书我的朋友倒是前阵子送给我了一本，但是我还没来得及看。"

"那你要赶紧看看啊，谁知道呢。"

"可是遐迩先生，您问我看没看过这些书和那第三个人有什么关系呢？"我不明白老遐迩这些话题都扯到了哪里。

"当然有关，谁知道呢，这些书都是一个叫作詹姆斯的作家写的，他还写过《圆形诗篇》《蚂蚁部队的故事》《地理课》《龙虾》。"

"可是，这和第三个人到底有什么关系啊？"老遐迩在龟壳里说得有些激动，我能感觉到他的脊背在发热，甚至膨胀起来，所以，我不得不打断了他对这个作家作品的列举。

"第三个人是个作家，就是这个作家写了上面的这些书。"老遐迩说完这句，平静了下来。

"那么，他怎样对安妮的父亲承诺的呢？"我问。

"作家说，他可以让安妮永远保持现在的年龄。"老遐迩的声音透过厚厚的龟壳，有种悠远的回响。

"难道，难道作家把安妮杀掉了吗？"我不可置信地默默回应着遐迩，没想到他迅速将一只手伸出龟壳，拿起身边的一个放大镜砸了我的头，我的脑袋瞬间鼓出一个大包，可怜兮兮地在发丝间哭泣。

"你打我干什么？"

"谁知道呢，我们三个都深爱着安妮，怎么忍心将她杀掉呢？"

"对不起遐迩先生，那么作家是如何做到让安妮保持当时的年龄的呢？"我用手安慰着正在头上哭泣的大包。

遐迩将手又放回了壳里，"这就难怪你没有看过我刚刚问你的那些小说，谁知道呢，如果你都看过，你会发现他的每一本小说中，都有一个叫作安妮的姑娘，而且这个姑娘无论是写在春秋战国时代的庭院，还是阿波罗太阳神的神殿，无论是栀子花满开的春天，还是蓝鲸跳水的大海，安妮永远都是十七岁。而且由于作家让安妮永远保持在了十七岁，所以安妮就永远无法到达十八岁的法定结婚年龄。"

我惊愕地张了张嘴，无法相信刚刚老遐迩所讲的。

"可是，我也叫安妮啊，我今年十七岁。"突然，一种巨大的嗡鸣在我脑海中回荡起来，我想起在无数的新年里，我都在日记本上写着，我是安妮，我今年十七岁了，我是安妮，我今年十七岁了。

"那就对了，看来这个叫作詹姆斯的作家又在写新小说了，你我，包括那个选丈夫的故事，都是他玩的一个把戏。哦，那面镜子，一定也是他放在那里的，他为了让我的画一直画下去，这个可恶的作家。"老遐迩说完，依旧没有从他硕大的龟壳中出来，他愤怒地用自己的龟壳滚来滚去，不过愤怒之后，我听见里面不断传出的叮叮当当的细小敲击声，还有浪花拍打岩石的气味，我猜，他又在研制新的超无限放大镜了。

也是从那个时候起，我，才第一次意识到自己永远地停留在了十七岁，到现在，可能已经过去了大约有三百年。

原载于《青年作家》2020 年第 6 期

还 乡

一

七十年后，母亲带着我再次来到李庄时，我才第一次见到父亲。

这是我的主意。母亲已经太老了，再不回去看看父亲，怕是以后就没机会了。当年，母亲离开李庄，就再没回去过，但我知道，她一直想着父亲。

多年来，母亲仍然保持着一个习惯，她会在黄昏中缓缓拉开院子里的藤椅，安静地坐下，藤椅衰朽的骨骼如同它的主人，发出嘎啦嘎啦的声响。夕阳是流动的沙，淌在她因苍老而凹陷的脸上。母亲说，她在和父亲聊天，而无论她说了什么，父亲都不应声。对此，她不止一次地解释道，父亲不是不想应声，而是头被砍断了，用来发声的喉咙成了两截，所以再也说不出话来。母亲现在已经一百零一岁，时光将她的身体慢慢变成了碎末，有时走几步路都要扶着墙壁休息一会儿，这副苍老的骨骼，任谁也看不出，她曾经是带过上百人队伍的游击队长吧。而我虽然也已经七十多岁，但每当看见母亲站在黄昏中的瘦小身体迷雾般地碎碎念念，我还是会和儿时一样带着渐有渐无的恐惧，那遥远的思念蔓延在她的骨髓、毛发甚至呼吸的尘埃里，我想，我们还是一起回

还 乡

去看看父亲吧。

我也想念父亲。虽然我从来没有见过他。

父亲之于我，是战斗故事里述说的英雄，或者，他是那个我从来都不曾看见却每天按时陪母亲说话的亡灵，就像一团潮湿的雾，环绕在我的生活里。军史上说，父亲在一九四三年牺牲在李庄附近的三尖山。那时他是三分区司令员，在几个月前的一次伏击战中伤了腿，组织安排他到李庄休养，也顺便给李庄的抗大分校学生上军事课。李庄有八路军的院校、后方医院、报社，虽然也是后方，但却比母亲所在的延安离战场更近些。母亲说，她那时就想去前线，闻闻硝烟味，但因为怀上了我，身子越来越重，她才决定带着我去看望父亲的。她的想法是，先到李庄，过两个月把我生下来后，寄养在老乡家，她就可以继续参加游击队了。

可母亲怎么也想不到，此时的李庄已是一堆瓦砾，燃烧过的木灰还在散发苍白的残烟。战斗刚刚过去三天，鬼子学着八路军的样子昼伏夜出，继而突然袭击，当先头部队出现在李庄山头时，抗大分校的学员还正盘腿坐在操场上听父亲绘声绘色地讲红军第一次反"围剿"，我知道，那是父亲参加红军后打的第一仗。枪声响起，父亲立刻觉察出情况的严重性，李庄有两千多人，但都是没打过仗的机关、后勤人员，能打仗的只有一个警卫连。父亲果断带着警卫连和医院里一百多名伤员，占领了李庄村口不远处的三尖山。

那一仗打得昏天黑地，父亲带着这两百多人，死死地缠着鬼子，整整打了一个白天。李庄所有人都脱险了，但那两百多人却没有一个能活下来。当李庄的乡亲们回到三尖山时，看到了漫山遍野的尸体，有的嘴里咬着敌人半个耳朵，有的手里攥着沾满鲜血的石头，还有指甲缝里都是敌人血肉……那时，母亲正骑着毛驴，眼看离李庄越来越近，高兴地唱起了"信天游"，那是父亲最喜欢的歌。父亲的警卫员小王在前面牵着毛驴，他是特意去接母亲来李庄的。母亲唱着唱着声音逐渐低了下去，脸上的笑容也一点一点地消失了，不由得皱起了眉头。六月的风儿从山上吹下，温柔地抚摸着她的脸，母亲却感觉到风儿在脸上刮出了一道道血印子。她从风里闻到了熟悉的血腥味。小王看母亲的歌声停下来，有些不解，扭过头笑嘻嘻地问母亲："嫂子，你咋不唱了呢？"母亲沉声喝道："快走！"

那个时候，分区政委已经带着大部队赶到李庄，他在村口拦住了母亲。政委竭力堆出笑容，只对母亲说，父亲负伤了，人在几十里外的野战医院抢救。作为一个老兵，母亲已经觉察出些许端倪，她并没有坚持马上去看父亲，母亲笑笑，说，那好吧，我就在村里等着。

母亲等来的是警卫员小王。政委他们都觉得很为难，谁都不愿意把父亲牺牲的消息告诉母亲。小王一直磨蹭到半夜才过来，当他看到母亲仍然愣愣地坐在煤油灯下时，终于忍不住哭了起来。母亲看到小王半夜三更跌跌撞撞来找自己，已经猜到了一半，她憋着劲，尽量不让自己倒下去。小王哭哭啼啼地把父亲牺牲的消息告诉母亲，母亲脸色丝毫没变，仍旧呆呆地看着煤油灯芯上跳动的火光，仿佛微弱的火光中能看到父亲的影子。我知道，母亲是悲伤的，她把悲伤咽进了肚里，我亲眼看见一把冰冷的利剑生长出来，它就紧挨着我，我感到头皮发麻。其实母亲早已料到，父亲牺牲了，尽管她做好了接受这个残酷的事实的准备，但当牺牲的消息真真切切地走进她的耳朵时，她还是有些不知所措，这种不知所措瞬即变成一种无以名状的静默，她自己也是一个军人，任何一场战斗，在杀死敌人的时候，随时也可能被敌人杀死。革命军人早应将生死置之度外。母亲觉得，从自己嫁给父亲的那一刻起，就做好了这个准备。她不需要政委或者别人

还乡　　　　　　　　　　　　　　　　　　107

来做她的思想工作。她甚至极不真实地看着小王，让他继续说下去。可母亲没有想到，警卫员小王接下来的话更让她始料未及。

"嫂子，老乡只找到了司令员的身子，头，头被鬼子割走了……"母亲愣愣地看着煤油灯，小王还在那里支支吾吾不停地说着，但母亲仿佛什么都听不见了，恍惚间也不知过了多久，母亲才发现，整个屋子只留下这句话在空气中游荡着，警卫员小王似乎变成一股白色的烟，彻底消失在黏稠的黑暗中。

母亲站起身来，这个曾经被火烧过的房间是父亲住的，墙上未散尽的焦黑中还挂着他的一套备用军装，母亲知道，它也许是父亲的，也许是政委好心将一切恢复原样，用来安慰母亲的。母亲走过去，深深地将脸埋在军装里，泪水随即无声地流淌起来，仿佛下了一场永不停息的悲伤之雨。

不知是过了一小会儿，还是过了很长时间，母亲抽了一下鼻子抬起头，对面前的军装喃喃地说："我去把你的头要回来。"父亲的血肉从军装中生长起来，他的脸上布满硝烟，到处都是子弹擦过的痕迹。他摇了摇头，"不要去，鬼子都是畜生，他们会杀掉你的。"

母亲看着他，眼睛熠熠闪光，"这样也好，我和孩子，死了也要和你在一起。"

"你不要去，你把孩子生下来，孩子长大了，鬼子如果还没走，就继续和他们干下去。"

"我一定要去，如果我没死，我就把你的头带回来，我要让你在我身边，看着我如何杀鬼子。"母亲不等父亲再说话，就穿上了父亲的军装，直接冲进笼罩着苦涩和血腥的深夜之中。

日军并没有直接回到驻地县城，他们还在四处游荡着寻找八路军主力。我后来问母亲，你是怎么找到日军司令部的？母亲说，她能闻到父亲散发出的气味，那种气味夹杂着粗粝、重汗和执拗。有关父亲身上的气味，警卫员小王叔叔说，自己从来没有闻见过父亲身上有什么特殊的味道。但是按母亲的说法，她当时就是顺着父亲的气味才找到了临时驻扎在王庄的日军司令部。

司令部原先住的是一户姓田的大地主，日本人来了以后，就把地主一家都拉出去当日本兵练刺刀的靶子了，就是前两天的事，而这座大宅子也因此呈现出令人厌恶的面目。当天色微亮的时候，母亲来到了这里。

"把我男人的头还给我！"母亲一手撑着后腰，一手捂着肚子，几乎用尽了全身力气才喊出了这句话。守在门口的两个日本兵看到一个女八路，大吃一惊，用上了刺刀的三八大盖对准母亲，当他们发现眼前的女八路还是个大肚子的女人，并且没带任何武器时，变得迟疑起来，疑惑地互相看看，滋滋啦啦地说着听不懂的日语，随即其中一个日本兵用刺刀虚晃了一下，想把母亲轰走，可是母亲哪肯就这么走呢？她的喊声越来越大，尖利的声音将深夜刺出一个窟窿。

母亲的喊声惊动了里面的日军司令官。我后来查过很多资料，这个四十来岁的日军联队长名字叫藤井俊介，是个中佐。当然，母亲那时并不知道他是谁。他从屋里出来，眯着眼睛，用生硬的中国话大声喝问母亲："你是什么人？"

"我是丁火司令的女人！我来要我男人的人头！"母亲再一次声嘶力竭地喊着，目光仿佛一挺喷着火舌的机关枪。藤井俊介的身子在机关枪的扫射下，不由得晃了晃。两个日本兵紧紧地抓着三八大盖，充满警惕地看着母亲。藤井俊介犹疑了一下，"丁司令的女人？丁司令有几个女人？"

母亲感觉受到了侮辱，她愤怒地吼道："我们八路军从来不会娶小老婆，丁火司令员只有我一个女人！"

母亲是带着赴死的决心前去寻找父亲的头颅的，她已经做好

还　乡

了死的准备，她要让日本人看看，中国人并不怕死。母亲说，她当时根本没有想到，那个日本军官听她说完，开始更加仔细地打量着母亲，"你怀孕了，几个月了？"他的声音并不坚硬，甚至有一丝江南糯米糕的柔软。母亲感到疑惑，机关枪的火舌慢慢地暗了下来，她抚摸着肚子，说："八个月了。"说完，母亲就有些懊悔了，提到还没出生的我，在鬼子面前她的回答竟会如此瘫软。母亲不由得直了直身子，恨恨地瞪着他，"把我男人的人头还给我！"

藤井俊介像被虫子蛀坏了大脑一样，竟老老实实地朝母亲点了点头，还做了一个请的手势。他带着母亲穿过中庭，来到以前田地主放柴火的厢房，让母亲在那里等着。母亲说，也许是父亲已经不在了的缘故，他的气味渐渐地淡下去，无论她怎么闻，都是那么微弱，仿佛风一样地一带而过，她能嗅到的只有身旁驻守司令部的日本兵身上的戾气和战争晕染出的血腥。日军军官很快就回来了，把一个浸着血渍的布袋交给母亲："打开看看吧。"

母亲接过布袋，仿佛浑身血脉都凝住了，在她温暖的身体里，我看到很多股冰冷的血流肆意游荡。母亲的每个动作都无比艰难，全身绷满的力气仿佛一下子消失了，手指沉重如铅。她从没想过会以这种方式与父亲重逢，上次见面，还是父亲带着警卫员小王，劝她到延安，那时父亲活生生的，满脸褶皱里都是藏不住的笑意，没想到这竟是永别。

布袋呈现在眼前的是一个完全分不清面目的头颅，连头皮都被炸得看不出任何人形，母亲即刻软了下去，眼泪如涨潮的海，倾泻而下，仿佛把一生的眼泪都流了出来。让母亲感到羞辱的是，那个日军军官竟伸出手，扶着她坐下，并喃喃地说："作为军人，我很敬佩丁司令，他是个伟大的军人！"

母亲艰难地抬起头，"别说得这么冠冕堂皇，你们哪里配得上叫军人？你们是一群强盗！"母亲把布袋里的头颅向前伸了伸，"看看吧，他都成这个样子了，你们还不放心他，还要把他的头割下来！"

日军军官把脸扭向一边，看了看布满破破烂烂云彩的天空，低沉地说："我们的部队损失很大……实不相瞒，我们师团长命令，必须活要见人，死要见尸……"

后来，母亲仿佛失忆般，怎么也想不起来自己是如何从日军司令部里走出来的，她只记得，那天她回到李庄，将父亲的头颅和躯体缝在一起，安葬在了乡亲们用门板凑好的棺材里。从那以后，母亲再也没有去过李庄。她很多次都想回去看看，但每次都半途而废。母亲说，看到那里的每座山每条河，都会想到父亲，她怕自己受不了。

现在是时候了。母亲说，我们很快就要和他在一起了。

二

我们赶到李庄就直接去了三尖山。母亲完全像变了一个人，刚到山脚下，她就甩开我的手，大步向前走去。我不得不跟上去，小心地为母亲拨开道路两边张牙舞爪的荆棘。母亲的记忆力真好，她直接找到了父亲的坟墓。其实也很好找，父亲的坟墓就在高高的山冈上，那是他牺牲的地方。这也是母亲的主意，他就是死了，也要和他牺牲的战友在一起。老乡们显然进行维护过，离得老远，就看到坟墓四周砌着半人高的水泥，以防野兽的糟蹋。正面还树着一人来高的大理石墓碑。

母亲喘着粗气，微笑地感慨着，"这里不愧是革命老区，对你爸还是这么好，我还想着，可能被野草淹没了呢。"

老乡们确实还记着父亲，坟墓前还有烧过纸钱的痕迹。虽说是迷信，但这也代表了活着的人对逝者的哀思。但当我们看到大理石碑上的字时，一下子呆住了。上面并没有父亲的名字，只是写着"无名烈士永垂不朽"。天啊，我父亲叫丁火，堂堂的三分区司令员，军史上有，李庄所在的县的党史上肯定也有，他们居然称他为"无名烈士"！我担心地看着母亲，母亲本来红润的脸色果然瞬间灰暗下来，风很小，却把母亲吹得摇摇晃晃。我忙扶住了母亲，愤愤不平地说："这太敷衍了！随便一查不就查出父亲的名字来了嘛！"母亲叹了口气，过了好大一会儿，才有气无力地说："也不能怪他们，那时条件有限，埋你父亲的时候，就插上个木牌，写上了你父亲的名字，这风吹雨打的，早就不见了，人们忘了他也是正常的……"母亲虽然是这么说的，但话到最后，声音里已经带着破旧漏风的哽咽。

我和母亲默默地站在那里，不知何时起，天空已如水墨晕染般漆黑一片。我扶着母亲慢慢地下山，母亲干枯的手臂连同着精神已经明显没有了之前的劲头，身子几乎都倚在我身上。我们要到李庄去，干休所已经和村委会联系好了，我们在那里休息一晚。快进村时，我们看到村口的广场上正在放电影，是今年最火的《我和我的祖国》。母亲看了看黑压压的人群，低声说，村委会的人可能也在这里看电影吧，我们等电影放完了再去吧。我想想也是，就扶着母亲到了不远处的一个土坎边坐了下来。母亲看了一会儿电影，回过头来，"要是你爸爸活着，看到咱们国家现在这样子，该有多高兴啊。"她长长地叹了口气。是啊，父亲十五六岁就参加了红军，翻雪山、过草地，把脑袋拴在裤腰带上，还不是为了我们子孙后代能和平快乐地生活吗？可以告慰父亲的是，他的理想实现了。

母亲欠了欠身子，我这才觉察出母亲身上的寒意。我悄悄地站起来，想到旁边找些稻草铺在地上。我刚走出不远，从一棵大树的阴影里传来一个苍老的声音："这不是丁司令的孩子吗？"我有些吃惊，这里还有人会认识我吗？一个老头走了出来，他一头白发，乱得像堆杂草，脸上布满了老人斑。我疑惑地看着他，"您认识我？"他露出一嘴黄牙，哈哈地笑了，"我当然认得你，你八个月的时候，跟着你妈来过李庄嘛。"我愣在那里："您是？"他咳了两声，腰弯得像虾米，他捶了捶腰，说："老了，不中用了。我是李庄的老支书白万钟啊，你妈认得我。"

我将信将疑地将他领到母亲跟前，母亲果然认得他。一脸兴奋地冲他叫道："白支书，你还在这里啊！"老头也很高兴，他抓住母亲的手使劲地摇着，"你可来了，我就说嘛，你一定会来的。"母亲的脸突然绷了起来，怒气冲冲地问他："我记得那天埋我丈夫的时候，你也在那里。他的墓碑上为啥没有他的名字？他怎么成无名烈士？别人忘了，你总该记得他名字吧。"母亲的怒气中带着火焰，呼呼燃烧着，老头后退了两步，慌慌地摆着双手，说："搞错了搞错了，那里埋的不是丁司令，确确实实是无名烈士……"母亲打断了他的话："什么无名烈士！我亲手埋的我男人，我会记错吗？那里埋的就是他！"

老头回头看了看村庄，村庄在黑暗中像头怪兽。他再回过头来，浑浊的眼睛中已经有了泪水："妹子，我真不骗你，那里埋的不是丁司令，丁司令埋在离这里有二十多里远的石头岭呢。"母亲愣在那里："这是怎么回事？明明是我把丁火的头带回来的，我亲自埋在这里的。"老头叹了口气摇着头说："你带回来的不是丁司令的人头，丁司令的人头早就被人带回来了。"

老头把我们带到了一间陈旧的瓦房前，推开门，我们看到明亮的电灯下，坐着一个至少九十岁的老婆婆。老婆婆看到母亲，眼睛瞬间亮了起来，仿佛一盏可以照亮深夜的灯。她拉住母亲的手，声音软得像三月的风儿："姐姐，我终于把你等来了，把丁司令交给你，我就放心了。"母亲看看她，又回头看了看老支书，疑惑地问："她是？"

"她叫李香梅，就是她把司令的头颅从鬼子那里带回来，葬在了石头岭的，她后来就一直留在这里照看丁司令。"老支书说。

老婆婆招呼我们坐下，告诉我们，她这条命是丁司令给的，要不是他，她早就死了，根本活不到现在这个岁数。鬼子打到她家乡时，她才十六岁。鬼子突然来到村里，抢了粮食，烧了房子，她眼睁睁地看着鬼子杀死她的爹娘，他们没杀她，而是把她和村里的十几个姑娘绑起来，说是要带走。她知道自己将面临着什么样的命运，就在半个月前，邻村的一个姑娘被鬼子带到炮楼里，十天后，她被放出来后，还没走到家就跳井自杀了。她知道只要被鬼子带走，自己大概也是这等命运，不干净了，不是被鬼子杀死，就是自己跳井死掉。她想一头撞死在石头上，可鬼子把绳子牵得死死的，连寻死的机会都不给她。

她最终还是活了下来，是父亲带人把她救了。她们走到半路上，父亲带的队伍伏击了鬼子。父亲不但救了她，还把她送到三分区办的卫生学校学习，毕业后，她就参加八路军，在三分区的医院工作。老婆婆说到这里时，羞涩地看了一眼母亲，说："姐姐，实不瞒你，我那时就爱上司令员了。"母亲愣了一下，脸上有些愠怒。老婆婆忙拉着母亲的手，说："姐姐，你放心，我知道司令员已经结婚，我就没那想法了，只是远远地看着他，我就很满足。"按照她的说法，父亲在李庄野战医院休养的那几个月，是她一生中最幸福的日子，她是医院的护士，一直在照顾父亲。老婆婆苦笑地摇了摇头，说："司令员一直把我当作自己的闺女，他哪里知道，我其实是爱着他的……"我有些担心地看着母亲，母亲却似乎理解了这种奇怪的感情，她的眼神充满爱怜，甚至还抬起苍老的手给她捋着掉落在额前的白发。

　　　　　　　　　　　茉　莉　|

老婆婆说，那次战斗打响时，父亲立即安排机关和医院、报社转移，为争取时间，他带着警卫连去三尖山阻击敌人。医院里一百多名能走甚至能爬动的伤员也要求跟着父亲一起去阻击。父亲带着队伍走了，野战医院也匆匆忙忙地转移。一直到太阳西斜，走出几十里，再也听不到枪炮声时，队伍才停在一个山谷里。她才突然意识到，父亲和他的队伍居然没有带一个医护人员。她那时根本就不知道，父亲和那些伤员们是抱着必死的决心去战斗的。她把能找到的药都带上，背着小山一样的绷带原路返回。那些伤员是她的伤员，父亲是她藏在心里的爱人，她决不会让他们死掉一个人的！

她在半夜时分赶到三尖山，在凄冷的月光下，她看到了像麦捆一样倒了一地的尸体。她找到父亲，父亲血肉模糊，无头尸体和溃烂的军装融为一体。她还处于不敢相信的恍惚之中，直到确认裤脚上的那块白补丁是半个月前出自自己之手，才不得不相信，眼前躺着的这个无头躯体确实是司令员。

老婆婆说，我那时什么都没想，就想着一定要找到司令的头颅。我找遍整个战场，连司令的一根头发都没找到。一直到天亮的时候，我才突然想起，肯定是鬼子把司令的头割下来带走了。我就发疯地追赶那支日军，一定要把司令的头颅要回来。真是神奇，我到现在都想不起来是怎么回事，那个日军的司令官竟然真的把司令的头颅还给我，确实是司令。日军甚至给他的脸擦拭干净，司令脸上还带着一丝嘲讽的笑意。

那天，我从鬼子司令部出来的时候，已经天黑。我有些后怕，都不知道自己是如何把司令的头颅要回来的，如何从鬼子的司令部走出来的，就觉得到处是鬼子的刺刀，整个天空像冰一样冻了起来。我双腿瘫软，连打了好几个跟跄，我把所有力气都用上，不停地跑啊跑啊，终于将鬼子的司令部甩在黑夜里。我怕日

还乡 115

本人后悔，派人追我，我得赶紧跑回去，把头颅交给乡亲们，把司令安葬起来。

我跑着跑着，就是不见天亮，反而迎面突然形成的灰白浓雾把我弄糊涂了，我竟有些认不清方向。片刻踟蹰之间，我听见身后的脚步声，我赶紧纵身跃进附近的草沟里，果然后面来了一群日本兵，他们既可能是来追捕我的，也可能是附近"扫荡"的小分队。我在那里躲了大概一刻钟，刚想探头看看日本兵走没走，突然被一只大手按了回来，我顿时感到后背一股寒气直逼脖颈，我回过头，从灰白的雾气中发现，草沟里还藏着一个人，他和我一样在观察着上面的动静，不同的是，他穿着的军装上全是血，像是刚从战场上回来的，腰里还挎着一支手枪，显然是个干部。他将食指放在嘴边，示意我安静。

果然，那支日军小分队并没有走远，他们杀了个回马枪，顺着草沟的边沿又回头搜索。我和这个八路军干部一起屏住呼吸，我听见上面一个日本兵用刺刀扒拉着附近的地皮，还不耐烦地滋滋啦啦说了几句，剩下的日本兵也跟着无精打采地回应着。他们的脚步声渐行渐远，这我才算放下心来，又想着赶紧回去，可是那个八路军却说："你别着急走，他们马上还会回来。"

"他们已经搜索两遍了，还会来？"

"你刚刚遇到的是日军不同的两个小分队，请相信我，他们一共有十几个小分队，正在这一带搜索找你呢。我们这里是个不错的隐蔽点，附近三公里都没有比这更好的地方了。"

"那我要在这儿待多久啊？我还有重要的事情要……"

"不管有多重要的事情，也要等到日军走了再出去。"

听他这么说，我没搭腔，但心里急得仿佛瞬间长出一米多长的草，我要是不赶紧回去，乡亲们很有可能就将司令给掩埋了，我没有告诉任何人我去找鬼子要头颅的事情，我不能眼见着司令死了还身首异处。我想着想着，又不自觉地探出身子想往外跑，但还是被他拉了回来。

"姑娘，你怎么不听劝呢？"

"我对这一带很熟悉，你放心吧，我还有重要的事情要做。"

"姑娘，请相信我。"他说完这话，我还真的想看看到底要不要相信他，我仔细看着他，但奇怪的是，在灰白的浓雾中，我无论如何都看不清他的脸，只能感受到他已年过四旬，恍惚中，他身上还散发着粗粝、重汗和执拗的气味，这气味竟是那么熟悉，我一下子对他充满信任，点了点头，他一定是为了我好，我要是这么贸然出去撞上鬼子，那就得不偿失了。

我们就在雾蒙蒙的夜色中一起在草沟里坐着，我得知他是一个司令员，姓丁，十五六岁就参加了红军，参加过长征，老婆是个使双枪的游击队长，因为怀上孩子，不得不回到延安，一边学习一边准备生孩子。他笑哈哈地看着我，说，再有两个月，孩子就出生了，希望是个男孩。我有点不大高兴，他都是八路军司令员了，怎么还重男轻女呢？他似乎看出了我的心思，说，要是男孩，长大可以继续打鬼子嘛。听他这么说，我不由有些不好意思起来。为了化解我的尴尬，我忙说他："那您怎么现在在这里？"

"刚刚那场仗打得很艰辛，鬼子是个联队，三千多人，我们只有两百来号人，打到最后，只剩下几个人，还没有一个完整的……"司令叹了口气，慢慢将头低下，仿佛和战友重新陷入了刚刚的激战中，我想去安慰他，可是牺牲了那么多人，怎么会因为我的一句安慰就能释怀呢？我安静地坐在他旁边，雾更重了，灰茫茫的，交织着尚未消散的硝烟和树枝，我仍然看不清他的脸，身边的一切都变得更加影影绰绰。

不知过了多久，我从疲惫中醒来，雾已消散，天空中竟下起了小雨。我看看身旁，那个司令已经不知去向，我只记得他跟我说过，雾散了就可以回去了。我连忙起身，背着那个已经渗出梅花一样点点鲜血的木匣，从草沟里爬出来往回走。那个司令员去哪儿了呢？难道接应的部队已经来了吗？今天真是巧了，去抢了一个丁司令，又遇到一个丁司令。我突然打了个冷战，飞一样地跑起来。

在石头岭的时候，我又遇到了一股日军。我怕鬼子抢走司令的头颅，就用双手刨土，手指磨破了，鲜血直流，指甲磨掉了，但我还是一点都不觉得疼，刨出了一个半米深的坑，把司令的头颅埋了下去，在上面放了几块石头做标记。做完这一切，我站起来，突然天地旋转起来，我一头栽倒在地。要不是第二天一个猎人发现了我，我怕是也要死在那了。说实话，死在那里倒也好，也算是和司令守在了一起。老婆婆说到这里时，猛地抬头瞪着母亲，好像意识到自己说漏了嘴，布满老人斑的脸上竟浮出些许红晕。母亲忙拍拍她的肩，朝她点了点头，眼神里是满满的爱怜。

老婆婆说，我那天就病倒了，在猎人那里躺了十来天，病一好，就赶紧回到李庄。后来的事儿，白支书都知道了。

老支书说，香梅说的是真的，她带着我们去看了，那确实是丁司令。我们就把司令的躯体起出来，和司令的头颅一起埋在了石头岭最高处。

母亲愣愣地看着老婆婆，又看看老支书，她和我一样，我们都更加困惑了，如果说，父亲的头颅是这个叫李香梅的女八路军护士要回来的，那么，母亲带回来的头颅又是谁的？

两人摇摇头，他们也不知道他是谁，但有一点是肯定的，那必定也是一名八路军。

　　　　　　　　　　　　　　　　茉 莉　|

三

第二天，老支书叫上村委会的几个年轻人，我们一起去了石头岭。

这确实是父亲的坟墓，高大、威严，同样用水泥墙围了起来，还立有大理石碑，上面除了写有"丁火烈士永垂不朽"，墓碑的背面还详细地记载着父亲的生卒年月，甚至还有他的战斗经历。母亲从口袋里掏出老花镜，一个字一个字地认真地看完，抬起头来，冲着老支书和村委会的年轻人点了点头，说："对的，这全是对的，你们有心啊。"

年轻的村支书被母亲夸赞得有些不好意思，说，我们专门去丁司令的家乡搜集资料，又请军队上的同志们一个字一个字核实过。

母亲和老支书他们聊着天，我向四周望去，这里是石头岭最高处，视野开阔，四周松树青翠欲滴，小鸟在头顶的树枝上歌唱。环境真是不错。我向前走了两步，看到不远处的悬崖下有座小小的土堆，上面长满荒草，旁边的一块长满苔藓的石头上蹲着一个四十来岁的男人。这不奇怪，奇怪的是这人穿着一身日军军装。

我感到头皮发麻，都什么年代了，居然还有人穿鬼子的军装。这要是让母亲看到，一定会大动肝火。现在的人啊，太不懂事儿了。我赶紧跌跌撞撞地跑下去，至少要把这个人赶走，有多远让他滚多远。我气喘吁吁地跑到他跟前，还没张口，他抬起头，笑眯眯地看着我，说："你来了？"那口气就像是看到了一个老朋友。我愤怒地吼道："你还要脸不要脸！你为什么要穿着鬼子的军装？"他却一点都不害臊，脸上仍然挂着笑容："我见过你。"我除了愤怒，还有些吃惊了："你是谁？你认识我？你在哪里见过我？"他说："我见到你时，你才八个月大。"

还乡

我突然明白了，这人是藤井俊介，就是杀死父亲的那个日军中佐。我应该愤怒，但好奇战胜了愤怒，我愣愣地看着他，问道，你们不是战败回国了吗？你怎么还在这里？

他撇了一下嘴角，想哭，但他硬了硬肩膀，还是没有哭，但他的声音却比哭了还要难听，"我倒想回去，可我再也回不去了。"这个我真的不关心，我关心的是母亲带回来的那个头颅是怎么回事，那人是谁。

他耸了耸肩，说，你们不知道他是谁，我当然也不知道。我们那次本来要把李庄的所有八路军一网打尽，谁能想到会在那里遇到你父亲。那场仗打了一整天，我还想着至少是一个团的兵力，战斗结束时，才知道就两百来人，其中还有一百多是伤员。人都死了，甚至连个喘口气的都没有。我有些失望，正要整队走时，看到在你父亲不远处有一个还活着的伤员。

我为什么知道他是个伤员呢？因为他的腿上包扎着绷带，那绷带不是刚刚包扎的，而是有些时间了。他浑身都是血，双腿被打断，右胳膊被炸掉，都不知道丢哪里了，他要是没有蠕动一下，我们根本就看不出来他还活着。我们围着他，说实话，那一刻，大家都沉默了，眼神里既悲悯，也有敬佩。就是这样两百多人，阻击了我们一整天，还打死打伤了我们六百多士兵。他的嘴唇干裂，迸出了一道道血口子，脸色苍黄，肌肉紧紧地贴着颧骨，很显然，他失血过多，随时都可能会死去的。

我突然觉得不妙，立即转身扑倒在地，向一边滚去，但还是晚了，轰隆一声巨响，那人拉响了身下的一捆手榴弹，除了我，他身边的日本士兵都被炸死了。当然，他自己也被炸成了碎片，头颅顺着山坡骨碌碌地滚到了我眼前，整个脸已经面目全非。我吓坏了，把他的头扔到一边，弯着腰呕吐起来。

这一仗，我没法向师团长交代，不但没有消灭李庄的八路军，还被两百多人的八路军打死打伤六百多士兵。我只能把你父亲的头颅割下来交给师团长看看，让他看看我们遇到了什么样的对手。你父亲是在日本军队中出了名的战将，不，应该说是战神。我们曾经好几次集中数万军队围剿你父亲带领的八路军，但每次都无功而返，还常常损兵折将。这次能把你父亲打死，也算是给师团长有个交代。等割下你父亲的头颅时，我看了看那个人的头颅，就鬼使神差地也带上了。等向师团长证明完我确实杀死了你父亲，我想，我们还是要把你父亲葬起来的，他身边能有一个战友陪着也是好的。是的，你不用怀疑，我那时确实对你父亲充满敬佩之情，这无关敌人，只和军人有关。

他继续滔滔不绝地说着，仿佛一辈子没有说过话一样。他说，让他没有想到的是，他们刚刚回到司令部，门口就来了一个女人，哭着喊着要把自己男人的头要回去。当哨兵通报给他时，他大吃一惊，他当然知道，丁火的女人是大名鼎鼎的游击队长。他立即赶出来，他想象中的女游击队长应该是个风风火火的女人，没想到却是一个柔弱的女八路。她居然敢直闯敌军的司令部！她的胆子真大。他突然感到一阵慌乱，这场战争，难道注定要失败吗？他在恍惚之中，并没有为难她，而是将她带入一个房间，房间香案上一个大木匣里，放着一尊大口瓶，丁司令的头颅被泡在药水中。拨开亲人额前的黑发，那个女人的泪水决堤而出。

藤井俊介甚至有些尴尬，他喃喃地说："你和丁司令是为你们国家而战，我敬佩他的英勇，敬佩他的精神……"说到这里，他停住了，他甚至有点对自己感到恼火，听上去，似乎是在为自己辩解什么。

女人没有理他，将装有丁司令头颅的木匣紧紧地捧至胸前，走出了司令部大门。

可是，她走了没多久，师团长的电话就来了，当他听说他放走了丁司令的女人，还让她带走了他的头颅时，大发脾气，让他立即派出所有的部队去追回她，把她的头也斩下来带回来，悬挂在县城的城头，显示大日本帝国皇军的威严。他只得把部队派了出去，但这个女人就像消失在雾中一样，或者说，她变成了雾，到处都是她，又到处找不到她。

从那一刻起，藤井俊介就明白，自己的军旅生涯彻底完蛋了。他并没有感到有多么悲伤，反而长长地松了口气。他没想到的是，就在他带着部队将要返回县城那天早晨，又来了一个女人，而且还挺着大肚子。当他听到她在门口尖叫着要自己男人的头颅时，他一下子从床上跳下来，匆匆忙忙穿上军装，来到门口。他看到她的第一眼，就已经确定，这个女人才是真正的女游击队长。

藤井俊介感到有些慌乱，他甚至不由自主地想给她敬个礼。为了掩饰自己的慌乱，他不得大声喝问道："你是什么人？"

"我是丁火司令的女人！我来要我男人的人头！"

藤井俊介有些好奇："丁司令的女人？丁司令有几个女人？"

"我们八路军从来不会娶小老婆，丁火司令员只有我一个女人！"

藤井俊介蹲在石头上，仰着脸看了看我，说，那是我第一次看到你，我完全被你母亲的气势所压倒。对别人来说，这也许是个戴罪立功的机会，要是放在以前，我一定会把你母亲抓起来，按着师团长说的，斩下她的头颅。但我那时不会了。在我眼里，她不再是个女游击队长，她只是一个女人，一个死也要和丈夫死在一起的女人。我把她带到柴房处等着。你知道，司令的头颅已经交给了另一个女人，我又拿什么给这位真正的夫人呢？我就把那个无名烈士的头颅交给她了。他应该回到属于他的土地上，接受他保护的人民的爱戴，他配得上这份尊荣。

藤井俊介从旧时光中沉默了，他看上去那样的苍老，仿佛在战争的回忆中慢慢矮了下去。他说，我把这人的头颅交给你母亲，你母亲当然也看不出这不是你父亲的头颅，她以为这就是自己的丈夫，泪如雨注，捧着头颅跪倒在地，看得人心里很是难过。

　　他长长地叹了口气，看了我一眼，摇了摇头，说，那时我就想，我也有妻子儿女，如果有一天自己死在了异国他乡，怕是尸体都运不回去……我果然还是留在了这里，和你父亲做了伴。他站了起来，看了看四周，"今天天气好，你父亲一大早就对我说，他今天要去李庄的三尖山看看自己的战友。他肯定没想到，你们也来了。要不然，他肯定会在这里等着你们，他等了几十年了，天天念叨着，你们肯定会来。"

　　我有点疑惑，"你怎么没有回国？"

　　他苦笑了一下，"还不是你父亲害的？那次战斗回去后，我就被师团长降职为一个大队长。第二年，我们在这里和八路军又打了一仗，打到最后就冲到一起白刃格斗了。说实话，白刃格斗是我们日本军人最擅长的，所以每次我们都把子弹退膛。当然，你们八路军也不怕白刃格斗，你们靠的倒不是格斗技术，靠的是拼命。和我对阵的是一个小个子八路军，本来我已经完全控制了局面，把他的步枪打掉，还捅了他一刀，他捂着肚子，肠子都出来了。我只要再捅一刀，他就完了。这时我就看到了你父亲，他正坐在自己的坟头上，抽着旱烟袋，带着一脸的嘲讽笑眯眯地看着我。真是白天见鬼了。风吹过来，你父亲的头晃了晃，他干脆把头从脖子上取了下来，托在手里，还在看着我笑，我脚下一踉跄，那个小个子八路军就扑了上来，紧紧地抱着我，跳下了这个悬崖，我和他就一齐摔在这块大青石上，当场都死了。你们中国人真是好啊，打扫战场时，把他抬走，也挖了个坑，把我埋了，要不是这，我早就被野兽吃掉了，怕是连块骨头都找不到了。"

还乡

我打了一个冷战，皮肤上起了一层鸡皮疙瘩，我颤抖着问他："你已经死了？"

他笑了笑，"我当然早就死了，都死了七十多年了呢。"

我吓坏了，慌慌地攀上悬崖，我看到站在父亲坟墓边的人更多了，除了李庄村委会的人，还有干休所的人，干休所的李所长和赵协理员，一个人捧着一个骨灰盒。一种不祥的预感爬上心头，我慌慌地跑过去一看，骨灰盒上贴着名字，一个是我，另一个是母亲。

我抬起头，这才看到，母亲正站在旁边笑眯眯地看着我，她的身边站着一个英俊魁梧的男人，他搂着母亲的肩膀，也在笑眯眯地看着我。母亲扭过头，有些羞涩地对他说："老丁，我们来了，我给你说过，我和孩子，死了也要和你在一起……"

我认出了他，他是我的父亲。

家书列阵

　　偶尔我还会想起那些书信，还会翻翻它们，从中找寻旧岁月的痕迹，当然，某些记忆也会被它们唤醒。从我记事起，我们已经搬过多次的家，从某地到某地，再从某地到某地——但那些书信却没有丢失，它们被略显郑重地摆在书架上，犹如一排站立笔直的列兵——我知道"列兵"的比喻已经不够新鲜，可我看到它们的时候第一个想法却依然是列兵，是方阵，也许这与我父亲是一名军人有关，与我同样是一名军人有关。每次搬家，我们都会丢弃一些舍不得的旧物，几次下来旧有的东西越来越少，只有这些书信被完整地保存着，跟随着我们。那里有父亲母亲的青春，也有我成长中的岁月。它们，俨然是我们家最珍贵、最不能舍弃的旧物了。

　　父亲是军人。那时我还小不知道"军人"的含义，只是感觉他总是不在，总之，他是一个让我想念却又模糊着的高大影子，他一回来，我就腻在他的身侧变成他的尾巴，我想好好地记住他，可随着时间他又一次次变得模糊，成为一个身影。至少梦见的时候是这样，在梦里他往往只是一身绿军装，可怎么也看不清他的脸。是的，在我很小的时候我就懂得想念了，邻居家的姐姐、弟弟们应当也是，虽然我们都没用过想念这样的词。

　　父亲不在的日子，写信，等信，几乎是母亲闲暇下来的全部。至今，我还依稀记得母亲每周去父亲老部队的收发室取信的情景，在那份依稀里，母亲是有光的，她的发梢上、身体里散发着我也能察觉的光亮。她抱着我，她觉得我走得不够快，似乎走得快了父亲的信也就能到得快一些，里面的信纸也会厚一些……受我母亲的影响，每周五下午于我也像是一个节日，一个挂念和让人期盼的节日，一个让人跟着紧张起来的节日……那时候山里没有电话，没有网络，没有手机，没有快递，有的，就是信函。母亲抱累了，放下我，我会跟着她奔跑，就像奔向一个必须要紧紧追赶才能得到的礼物。

父亲总是繁忙，他不能每周的周五都让我母亲收到他的信，当然有时母亲会一次收到两封……母亲奔向收发室。她让我去敲门。然后，她的速度慢下来，仿佛随意，在一大摞信件中随手地翻着：老张家的，小李家的，赵哥的——前天嫂子还抱怨呢，这不，信就来了。月月，看你齐叔叔的字，写得多好，比你爸爸的字还漂亮……我抬头望着她，而她的眼睛只盯在信函上。她那么认认真真，不肯放过信笺上的每一个字。

有时，没有父亲的信。没有父亲的信的时候，母亲往往会从头至尾再翻一遍，直到再次确定，没有，父亲没有信来，他的信经历了某种我们想不到的阻隔，它要翻山越岭，跋山涉水，或许还磨破了鞋子。"没有信。"母亲会说一声，至今我也不确定她是说给我听的还是说给自己。"走吧，我们回家。"这句话是说给我的，她会伸出手来，拉紧我的手。回去的路，我们便不会再那样匆忙。

偶尔，母亲会把父亲的信念给我听，尤其是提到我的部分。每次听到父亲在信里提到"月月"或"我们的小月月"，我都会激动不已，我觉得父亲信中的文字真是美妙，有力量，有气息，有那么浓那么浓的情感……后来，我翻翻他们之间的信件，竟然有种失落在——他们的信其实平淡如水，在我童年时感觉的美妙、力量和那么浓那么浓的情感竟然没有了痕迹。在谈及我的时候他们的确话显得多了些，但也只是平常的询问和平常的叙述。他们说的，在信中说的都是日常，家里遇到了什么，今天谁谁谁家遇到了什么，我在野外的时候看到了什么，还有什么……我发现，我的父亲母亲都不习惯"形容词"，当然更不习惯的是抒情。在信件中，他们的表述是那么平平淡淡，最多是，"天凉好个秋"，注意加件衣服。那些美妙，力量，气息，和那么浓厚着的情感都到哪里去了呢？难道，它，是母亲在读信时候才注入的？那她为什么在那时候要注入这些？

还是，它们其实在着，掩藏在了纸的背后和字的背后，掩藏在那些平平淡淡的背后，那些叙说的日常是虚掩的门，他们会在读信的时候将门推开，里面，有一个空阔的、情绪的波涛一直汹涌的天地？

在书架上的家书方阵中，夹有一封我的信，那是我的第一封信，它，写给我的父亲也写给我的母亲。信的内容是：爸爸妈妈，我怕黑，你们不要我了吗？

就是这些字，只有标点是后加上去的。多年之后，当我在翻看父母保存的家书的时候忽然地翻出了它来，它，竟然也被精心地放在了书桌上，是他们的宝贝。爸爸妈妈，我怕黑，你们不要我了吗？看到自己歪歪扭扭的几个字，我差一点让自己笑出声来，随后则是，突然地泪涌。我记得，当然记得，很可能会永远都记得。

那一年，我4岁。

忘记了是什么日子，反正，院子里升起了大朵大朵的烟花。应当是一个节日吧，我记不得那个具体的日子，但记得后来的发生。我，是在父亲的营区大院里被急急赶来的一位叔叔抱走的，我不认识他但认得他身上的军装。"我们去哪儿?"叔叔小跑着,"卫生所。"

我们赶到卫生所的时候母亲已在那里,她,脸色苍白地躺在病床上,鼻孔里愣愣地塞着两根透明的管儿,管子的另一头则连接着氧气瓶,我知道它——"我妈妈,她怎么啦?"我小声地向旁边的叔叔询问,他没有回答。

鼻孔里的两根透明的管子,让我有了一个不一样的母亲,一个让我甚至恐惧的母亲,不说话不睁眼的母亲。我,都不敢叫她,不敢凑到她的身边去。

一辆绿色的大卡车停在卫生所的门外,这是父亲连队唯一一辆运送物资的车,它,成为了母亲的"救命车"。母亲被匆匆忙忙的叔叔们连床抬到了车上,然后消失在黑暗和崎岖的山路上。"今年,煤烟熏着的可真多呦。"搂着我的王大婶小声地喷着嘴说。她是我的邻居,是我母亲的好朋友。是她和付阿姨一起发现我母亲煤气中毒的,她们,也想叫我母亲去看烟花。

那天晚上和接下来的十余天的晚上,我都被"寄存在"付阿姨的家里,她和我妈妈一样也是军嫂,那个时代,大约是因为经历相同的缘故,我母亲和这些"军嫂"的关系可亲近了,就像一家人的感觉,当然家家户户都是如此,一直是相互照应。

没有妈妈去收发室取信,付阿姨便承担起了她的"任务",她拉着我,抱着我,她似乎不像我母亲那样着急。和我母亲相像的是,她也会一封一封地认认真真地翻看,然后,重新再翻一遍。"阿姨,有我的信么?我爸爸来信了么?他们提到小月月了么?"我昂着脸,向付阿姨询问。

没有。付阿姨也许不忍心说这句话,她飞快地抱起我来:走,月月,我们去买好吃的!

那天晚上,我在付阿姨的帮助下,写了人生的第一封信。那些字，对一个 4 岁的孩子来说，太难了。写着，写着，我就哭了起来，眼泪就浸在了纸片上。我写下的就是那句话：爸爸妈妈，我怕黑，你们不要我了吗？

这封信，连同我留在纸上的泪渍，真的寄到了我父亲的手上。经历了那么多，那么多的时间变迁和地域的变迁，父亲母亲，竟然把它始终留了下来，将它放在了我们的家书列阵中。那天晚上，我写完这封艰难而又泪水涟涟的信，便安然地在付阿姨的怀中睡去。之后，在我父母回来之前的所有日子，她都始终睡在我的身侧，讲着好听的故事哄我，开上半夜的灯。

母亲跟着父亲，从南方到北方，从大山到城市，那些有见证的家书也一路跟随，它们在慢慢变厚，直到有了智能手机，有了电脑里的聊天工具。可那些家书还在着，始终地在着。偶尔，我竟然怀念他们那个写信、读信的旧岁月，怀念那个时光里的美与简陋，生动与呆板，包括悄悄含在里面的黑暗和疼痛。偶尔，我还会突发奇想，假装自己能够回到那个旧岁月里去，假装没有手机没有电脑没有 QQ 也没有微信，有的，只有必须一笔一画写下的纸。这样，我就会给我的父亲母亲再写封信——是的，我真的写过这样的一封信。

那时，我从省城进入到山里，那种摇晃和颠簸让我以为自己真的重回了旧岁月。我在大学毕业后进入了军队，我不知道牵引我的是什么，就是知道我也不会轻易地说出那个词，就像我的父亲母亲，他们的家书里只有家常，只有叙述，而有意压制住字词的温度。他和她，甚至从来没用过想、爱、思念这类的词，他在谈论自己的繁忙和努力的时候也从来没有用过责任或者崇高之类的词，他们不用，但不能说没有。我来到山里，听风声雨声，听雪落下的平静与呼啸，听院子里的哨音，有时竟然恍惚地以为，我，其实就是那个离开我们三四个月才能回家一次的父亲，我在

"体验"他的生活和他的经历，更重要的是，我在"体验"他面对远方和自己的寂静时刻的心境，那里面，可能有和可以有的纤细。有时，我从一个忙碌中走向另一个忙碌，从营房的一个点快速地走向另一个点，我会觉得，我的脚步其实踩在了父亲的脚印上。在那个时刻，我和他融在了一起，和他的岁月也融在了一起。

"一九八四年／庄稼还没收割完／女儿躺在我的怀里／睡得那么甜／今晚的露天电影，没时间去看／妻子提醒我／修修缝纫机的踏板／明天我要去／邻居家再借点钱／孩子哭了一整天啊，闹着要吃饼干"……《父亲写的散文诗》，我听到这首歌的时候是个傍晚，那一刻，我突然地那么想念我的父亲和母亲，想念简直像一座雪崩着的山。我哭泣起来，然后不顾同事诧异的眼神匆匆跑回到宿舍里面。那天晚上，我给我的父亲母亲写了一封长长的信。

写到最后。我忽然觉得我刚刚的情绪已经化解，它在淡下去，淡下去——我不太应该让它来影响我的父母，让他们担心，嗯，其实我挺好的，没什么，没事，都会过去的。我将刚刚写好的信叠好，放在一边，然后重新写了一封平静平淡的信，寄给他们。

我没有收到父母的回信，收到的是母亲打来的电话。这其实挺好，在电话这端，我当然还是那个爱说爱笑的小月月，这里面没有半点儿的伪装。我只是向她承认，妈，我挺想你们的。就是想。在她准备挂断电话的前一分钟，我对她说，妈，我现在知道，你和我父亲的信件里，有什么了。

说完，我的泪水又一次涌了出来。

本文见于《人民日报海外版》2018年4月14日第11版

"父亲号"自行车

　　那日清晨醒来，楼下的自行车棚拆了。父亲一个人呆呆地站在窗前，看着那片业已推平的土地，工人们站在废墟上正在清理砖瓦，阳光轻快地在残片间跳动，洒下一片记忆的光斑，我知道，那是跟自行车有关的、和我有关的日子，它们在遥远的时空中凝望，笑声、酸楚、期盼与温情突然涌来。也许，它们是一起来向我们道别的，和那个时代道别，和曾经道别。

　　父亲像我现在这么大的时候，我已经上小学二年级了，我的小学离父亲工作的地方只有二百米，但离家却有将近八公里，自然，送我上学和接我放学成了父亲的任务，而承载我们出行的是家里那辆二手凤凰牌自行车。在我印象中，它是二手的，因为我从未见过它年轻时的模样，它总是带着吱呀的声响载着我和父亲穿过人流，在路口停下时，又像个颧骨高耸的老者，一副清瘦的大骨架，它总是气喘吁吁，经常在骑了一半的时候掉链子，父亲起先会把它送到路边的修车人处，为它做个全身检查，后来次数多了，父亲干脆学会了自己维修，三下两下就把它的链子挂上了。

　　每天早上，我背着书包乘坐"父亲号"自行车去上学，现在想想，那些天还没亮的寒冷冬日仿佛并不真实，我被母亲的爱包裹成一个厚厚的棉粽子，父亲把我安放在自行车后座上，就开始快速向前蹬，我双手抱着父亲的腰，趴在他宽厚的脊背上，寒风仿佛在这一刻摈弃了凛冽的脾性，将我陷入父亲的温暖与安宁之中。直到他说到了，你到学校了，我才会从半梦半醒中回过神来，这时萧瑟的冬日已经睁开双眼，阳光缓缓地落在我的脸上，我用手套擦擦睡梦中淌出的早已结冰的鼻涕泡，正一正背着的书包，从父亲的自行车上跳下来，跟他大声地说，晚上放学爸爸来接我啊。父亲每次都是一本正经，告诉我如果他加班，我就在单位的收发室里等他。

我从小就不喜欢父亲加班，因为那样就不能马上回家吃到饭，小时候的我特别容易饿，因为这样，父亲也总给我送来倒好了开水的方便面，我的作业基本都是在收发室里写完的，那间小小的收发室还有别的孩子，也都是军人的孩子，他们和我一样，在等着加完班的父亲将自己接回去。

自行车一辆接着一辆出现在收发室的门口，可是都不是我的父亲，有时候，我会等很久，把第二天的语文课文都看了几遍后，父亲还是没有来。那个时候我真的不知道，父亲会有多少工作呢，会比老师给我留的作业还要多吗？想着想着，每次都是在我最难熬的时候，父亲的自行车铃就响了，它们就像夜幕中闪烁的星星般与沉寂形成最不同的对比，我飞奔出去，跳上自己的专属座位，抱着父亲温暖的腰背，小时候我是健忘的，总是在这一刻忘记了对父亲来太晚的抱怨，它们都在自行车带来的暖意中悄悄化掉了。

而那些在旧时光中晃动的影子，并不是每一次都有它的体面。

长大后每当我撑起雨伞走在青年大街的时候，我都能看见那座早已被拆除的立交桥下，父亲狼狈的身影，它们是在某一个雨天突然浮现的，我看见那个穿着军装全身湿透的父亲，将我送到学校后灰灰地走进办公室，他办公室的柜子里有备用的干爽的军装吗？如果现在就要开会，他是一个人湿漉漉地走进人群吗？那些散发着青草味的雨水会不会弥漫在会场之中，发出落寞的雾

　　　　　　　　　　　　　茉莉　|

气……这些疑问我早已不知再从何处寻找答案，我问过父亲，但他已经不记得那个大雨滂沱的早晨，可是我记得，在记忆的角落里，它们越来越清晰，如同那日洗刷过的柏油路，凸出着石砾微小的棱角。雨是在我上学的一半路程时开始下的，我坐在自行车后，明显地感觉到父亲双腿的肌肉绷紧，他在给自行车加速，而大雨带着其独特的脾气秉性，并不需要怎样酝酿便倾泻而下。突如其来的雨，对于一个没有携带雨衣的父亲来说是棘手的，而对于一个如果等待雨停再走一定会迟到的小学生来说更是不知如何是好。

好在，那日父亲的包里备有雨伞，那是一把非常男性化的雨伞，蓝黑色的格纹透着严谨的气息，伞并不大，瘦弱的伞骨仿佛被斜风一吹就要骨折一样。为了不让马上就要急哭的我迟到，父亲让我坐在自行车后打伞，他则像个有百倍精力的车夫一样奋力向前骑，那日，在伞的半包围笼罩下，我听见了很多声音，直至今日，那些人群中的忙乱，雨中的车笛、自行车铃、路边奔跑躲雨的脚步、刹车和自行车把扭转的吱吱声与父亲卖力的喘息声交杂在一起，窸窸窣窣，游荡在每一个下雨的日子里。我坐在自行车后面，将胳膊伸直，试图伸到最高的高度，让父亲也进入雨伞的保护之下，可是那个时候，我太矮了，胳膊还没有雨伞长，雨伞的长度和胳膊的长度加在一起，也只是刚刚好到达父亲的头顶，这样的父亲很难受，他一动不能动，动一下头就会顶到伞沿，不断向下冲的雨水顺着伞沿流到他的脸和军装衬衫里，父亲不断地跟我说，你自己打你自己打，不要管爸爸。

雨水拍打着自行车晃动前行，有好几次，尖尖的伞沿差点扎到了父亲，我才放弃了，我坐在后面，瘦弱的雨伞包裹着我瘦弱的身体，在这场大雨中，我只是稍稍弄湿了裤脚和书包边，而我的父亲，却像一只落汤鸡一样将我送到了学校。我们分开的时候，伞依旧在我的头顶，我本想和平时一样，说，晚上放学爸爸来接我啊。但那天我什么都没有说出来，我仿佛不认识被大雨浇灌的父亲，他那么年轻，却又那样苍老。他挥着手站在雨里对我喊着说，晚上放学爸爸来接你啊。

而那天，父亲并没有兑现诺言，他得了重感冒。是母亲骑着父亲的自行车来接我的，母亲个子小，还无法全面驾驭这台高颧骨的凤凰牌自行车，它仿佛是有了父亲的独特印记，只服务于它唯一的主人。

让人意想不到的是，这台忠心耿耿的自行车竟然在一个不起眼儿的清晨不翼而飞了，没有人知道是它自己的意思，还是偷车贼的意思，反正那天，我看见无助爬满了父亲的眼角、发梢，然后钻进了他宽大的军装里，父亲茫然地牵着我寻找了一会儿，再一次确定它真的不翼而飞的时候，领着我去等公交车了。

在我的小学时代，"父亲号"自行车经历了三代更迭，而每次，都是年迈的自行车接替更年迈的自行车，每当我嫌弃的时候，父亲就说，别小看了它们，它们可是陪我走过了不少连队，采写了不少稿子，没错，它们不光是我的父亲号自行车，也是父亲的另一双腿脚。直到我上了初中，自己学会了骑自行车，父亲号后面的小座椅才慢慢消失了。

父亲一直是喜欢骑自行车的，退休前几年他还在骑，楼下车棚里的自行车越来越少，也不知是从哪天起，父亲的自行车慢慢落上了薄暮般的尘埃，它和父亲一样，慢慢变老了。

此时的父亲就像送别老朋友一样痴痴地看着楼下已经被拆除的车棚，工人们干活利索，没多久就清出了一片空地，我走到父亲身侧，告诉他，家里的小轿车终于有车位了，以后爸爸想去哪儿，我开车带你去啊，实在是想骑自行车，外面有共享单车，和老凤凰一样好骑。

　　　　　　　　　　　　　　　　　　　　茉莉　|

流水的营盘

人　物

苏　瑞：宣传干事，二十九岁

王　政：保卫干事，二十九岁

刘　童：宣传干事，三十八岁

康有顺：政治部主任，四十五岁

张　鑫：巡视组长，四十五岁

玲　玲：苏瑞妻子，二十九岁

苏　父：五十六岁

苏　母：五十一岁

康菁菁：康有顺女儿，十七岁

景

序幕

在康有顺家楼下——一个夏日的夜晚

第一幕

师部大楼办公室内，一个燥热的夏日午后。

第二幕

师部操场上，一个即将大雨闷热的下午。

第三幕

巡视纪检办公室，一个夏日燥热的下午。

第四幕

苏瑞家，一个夏日凉爽的傍晚。

序　幕

景——一栋老式部队公寓楼楼下。夏天，傍晚八点钟。四层，公寓楼墙皮由于年久显得斑驳，楼上有一半的灯是亮着的，有几家从阳台上伸出锈迹斑斑的晾衣架，衣架上挂着大人和孩子的衣服，随着夏日晚风飘荡。这里很僻静，除了蝉鸣，能听见楼上某家人炒菜铲子与锅碰撞的声音，偶尔，也会有从远处传来孩子们玩耍的嬉闹声。

〔开幕时，苏瑞站在公寓楼下不停地踱步，他穿着一套深蓝色的运动服，手里提着两盒礼品，走着走着，他干脆把有些重量的礼品放在公寓楼下的电线杆一旁，继续在公寓楼下徘徊，他心中有种力拉扯着他，他不愿向这种力屈服，他很快就要妥协了。〕

〔苏瑞有二十八九岁，身高一米八〇，五官端正，粗重的眉毛和黑亮的眼继承了父亲，此刻，他眼中透露着不安、犹豫与自我矛盾的情绪，他的鼻梁很高，国字脸，

　　　　　　　　　　　　　　　　　　茉　莉　｜

有着一张深紫色的厚厚的嘴唇，他皮肤白皙，小时候，家人经常把他当作女孩子养，他读过很多书，因此，经常有些不切实际的想法，那些想法是知识分子特有的，一种执拗、孤傲气，他总觉得自己什么都行，同时，他又有着身为干部子弟的优越感，由于他父亲之前是 A 师政委，他深信自己了解部队的一切。苏瑞的父亲是一个正直的领导干部，他从不利用自己手中的权力为儿子苏瑞铺路，苏瑞父亲坚信实干出人才的道理。苏瑞在屡次求助父亲无果后，发现生活需要自己去面对，在山沟基层摸爬滚打五年后，由于干出点成绩被调到机关，但此时的他，开始在世故的边缘试探，他带着礼品，在政治部主任康有顺家楼下徘徊，他抬头看见，主任书房的灯是亮着的，苏瑞好几次拿起手机准备给主任打电话，但又犹豫不决，最终，电话还是拨通了。〕

康有顺：喂——

〔康有顺——该师政治部主任，苏瑞的直接领导，四十五岁，个子不高、胖乎乎，看上去憨实老成，脸上堆积着多余的赘肉，棕色的方形眼镜遮住了半张脸，他的眼睛常年布满红血丝，几层眼袋是常年写材料而形成的黑眼圈与皱纹，发丝稀少，横七竖八地趴在头皮上，他比实际年龄看上去老十岁，他为人看似和他的外貌一样憨厚，平时节俭朴素，没有不良嗜好，是一个工作狂，经常带着干事们加班写材料，他是 J 师的"一支笔"，深得领导信任和重用。面对家庭，他有太多无奈，这种无奈牵制着他的一切，但偶尔，眼中也会闪现一丝光明，继而又暗淡下去。〕

苏　瑞：喂，主任，我是苏瑞，您在家吗？

康有顺：什么事？

苏　瑞：主任，我，我在您家楼下，我想来，看看您。

（康有顺起身，走到窗台前，看见苏瑞手上还拎着两大盒礼物）

康有顺：哦，明天上班再说吧。

苏　瑞：主任，我，给您备了礼物。

康有顺：我知道你的心思，回去吧。

（康有顺说完把电话挂断，苏瑞欲言又止，在楼下转了几圈，没有再拨通手中的电话。康有顺屋子里的灯一直亮着，苏瑞犹豫不决，他有些不甘心，带着礼物猛然迈上了通往康有顺家的楼梯，敲响了康有顺的门。康有顺穿着体能服，一脸倦怠，看得出，他正在为明天就要上交的材料奋笔疾书，他手里拿着一根快抽到尾巴的烟蒂，打开门站在门口。）

苏　瑞：主任……（将礼品递到康有顺面前）

康有顺：快回去吧，礼品也带回去。

苏　瑞：主任这就是我家乡的一点特产。

康有顺：后天的会议流程弄好了吗？

苏　瑞：已经好了主任。

康有顺：嗯，主持词回头你放我桌子上一份。

苏　瑞：主任，这么晚了，您还要……

康有顺：哦，明天巡视组要来，估计没时间去弄后天的会，你先打印出来，我过会去办公室再过一遍。

苏　瑞：嗯，好的主任。

康有顺：好了你回去吧。

苏　瑞：主任——礼品——

康有顺：材料还没写完，别打断了我的思路。（康有顺说完，把苏瑞推了推，示意他回去，并把门轻轻关上了，苏瑞只好一个人带着礼品悻悻而去……）

第一幕

开幕时舞台全黑，隔十秒钟，渐明。

景——J 师宣保科办公室内，一个燥热的午后。

宣保科办公室在一楼，透过办公室侧面的玻璃，可以看见操场上的热沙冒着蒸汽，屋内发黑的老式吊扇在天花板上一圈圈吱嘎地转着，后面墙有一半是铁皮柜子，铁皮柜旁边放着一台饮水机、一个沙发，屋内并排摆着两套橙黄色办公桌椅，左边的桌椅是苏瑞的，一尘不染，桌子上有三个文件盒，分别写着待批件、已批件、通知件，还有一个多肉盆栽和一个水杯。右边的桌椅是王政的，各式各样的文件堆成小山，乱糟糟地铺在桌子上，桌子上有个笔筒，里面插着几支铅笔和几双还未使用的一次性筷子。

〔刘童，三十八岁，宣传干事，山东人，身高一米八〇，干瘦，眼窝深黑凹陷，薄唇，他是整个政治部的知心大哥，话痨，干满今年准备自主择业。〕

刘　童：（看门开着，走了进来，发现只有苏瑞在屋子里，倚在苏瑞的桌子旁，看了看手表，发现还没到下午上班时间，抬头看着苏瑞）这么早。

苏　瑞：（穿着体能运动服，将手里的乒乓球拍放在桌子上，从后面的柜子里拿出一条毛巾，一边擦头上的汗一边走到刘童旁边）最近压力大，刚和张参打了几局。

刘　童：赢啦？

流水的营盘　　　　　　　　　　　　　　　　　　139

苏　瑞：嗯。

刘　童：（走过去把门关上，靠近苏瑞，小声说）听说编制马上就下来了。

苏　瑞：（假装不知道的样子）是嘛。

刘　童：听说咱们宣保科，只能……（摇摇头）

苏　瑞：只能什么？

刘　童：留一个。（神秘兮兮地）

苏　瑞：哦。

刘　童：我这年底估计也调不上去了，你刚来，一定争取争取。

苏　瑞：我倒是想。

刘　童：（指了指隔壁，给苏瑞递眼神。）

苏　瑞：（假装惊讶状）嗯？

刘　童：跟他说说，应该能留下。

苏　瑞：哦，要是他不想呢。（想起昨晚的事）

刘　童：哪有那么多不想，你得努力啊。

苏　瑞：你是说……（苏瑞还没有说完，主任推门进屋，向王政的方向看了看，发现王政不在，就在刚刚，营区吹起了下午上班的号声。）

康有顺：让王政到我办公室来一下。

苏　瑞：好的主任，我这就给他打电话。（正说着，王政从一旁走过来）

康有顺：你来。（康有顺回头看见王政说道，王政跟着主任进了他的办公室。）

刘　童：（确定康有顺和王政走后）主任对王干事一直不错。

苏　瑞：嗯。（此时内心波动，没有积极回应刘童。）

刘　童：改革这事，这回可算是快看到点眉目了，唉，我也该走了。

苏　瑞：刘哥，我听说你司法考试都过了，到了地方也没什么问题的。倒是我……（若有所思，转身向刘童）你说我和王政，我们……

刘　童：你们俩啊，年龄一样、专业一样、职务一样，又是同学，而且都是从 M 山基层调过来的，连经历都一模一样。

苏　瑞：是啊。

刘　童：如果非说留谁不留谁，王政比你早两年进机关。

苏　瑞：是啊，他跟机关的同志更熟悉。

刘　童：不过这都不是最重要的。

苏　瑞：哥，王政和主任关系不错，这是谁都心知肚明的事。

刘　童：那倒是，可是你和王政还不一样。

苏　瑞：你是说？

刘　童：你父亲啊。

苏　瑞：（很无奈地摇摇手）得了得了，你是不知道我爸。

刘　童：我怎么不知道。

苏　瑞：刘哥，不是你想的那样的。

刘　童：你父亲是 A 师老政委，A 师和 J 师那么多交流，让你爸帮你说说呢？

苏　瑞：刘哥，我爸是老政委，可那又怎样？我和我家属在 M 山上待了五年，你又不是不知道，他要是肯帮我说句话，我能刚调过来吗？我能比王政晚两年进机关？

刘　童：我说弟弟，你别激动，你老爸肯定是为了你好，先在山里锻炼锻炼。

苏　瑞：他？你是真不了解。

刘　童：看你说的，你这不还是来机关了么。

苏　瑞：哥，你还真是不知道，我调到机关还真和我爸没有半毛钱关系，上次交流，我属于各项指标符合，再加上跟组织争取，要不，我还在山里呢。

刘　童：好啦好啦，来了就好嘛，以前在基层还是在机关，起码
　　　　单位还是一个单位，这回要是没弄好，说不定会到很
　　　　远，你媳妇不也受不了么。

苏　瑞：唉，我俩现在连个孩子都没有。

刘　童：孩子总会有的，别着急。

苏　瑞：你说主任找王政干吗？这都快半个时辰了。

刘　童：这我可不知道，你别想太多了，多想想自己的事。
　　　　（不多时，主任和王政一起从办公室出来，略过苏瑞的
　　　　屋子，直接朝大门口走去，苏瑞眼巴巴地望着他们走过
　　　　去的方向，心存疑惑。康有顺和王政站在大门口，等待
　　　　巡视组长张鑫的到来，他们在大门口张望迎接，过了一
　　　　会儿，张鑫上，与他们握手。）

张　鑫：老康！哈哈哈。（张鑫，四十五岁，巡视组片区组长，
　　　　一米八左右，头发带着自来卷，很清爽地向后背，一
　　　　看就是精心梳理过的，经常锻炼的身体紧实有型，衣服
　　　　是新洗过的，透着淡淡的清香。他目光坚定，脸上浮着
　　　　自信的微笑，说话声音也和这种自信相符合，高半个八
　　　　度，他的步伐有种向上的力量，快而带着张扬，他体内
　　　　一直有着青春的火在燃烧，满蓄精力。他是康有顺多年
　　　　前的战友。）

康有顺：哈哈哈，一点没变啊。

张　鑫：你倒是胖得认不出啦。（两人握手寒暄，进而拍了拍肩
　　　　膀，多年前一起受苦的峥嵘岁月在此时此刻一并迸发，
　　　　双方眼中都闪烁着往事的光影。王政在主任后面跟着，
　　　　随康有顺将张鑫迎进了主任办公室，一进屋，张鑫就
　　　　围着康有顺办公室的书架看了起来。）呦，《沧浪之水》

《大清相国》，老康，现在喜欢官场小说啦。

康有顺：哈，看着玩的，来，喝点水喝点水。（康有顺接过王政递来的茶水，放在了靠近张鑫的桌子上。）

张　鑫：我这次来呢，是例行性巡视，以后估计少不了叨扰。

（手里拿着从书架上抽出的一本书）

康有顺：哈哈哈，欢迎欢迎，你多来几次我才高兴呢，正好咱老战友多聚一聚。

张　鑫：哈哈，那是那是。

康有顺：老张，这是宣保科干事王政，让他配合你在我们单位的巡视工作。

王　政：（起身，向张鑫敬了个标准的军礼，强而有力地说道）组长好。

（王政，二十九岁，苏瑞大学同学，毕业后和苏瑞同时被分配到M山，由于勤勉努力，三年前调进J师，负责保卫工作。王政出生于河南农村，个子不高但壮实，他那有力量的手臂，是在农村老家中挑水时练就的，他长得黑，是个行动派，不讲条件、不计回报，跟苏瑞有着从未明说的过节，他暗恋了整个大学时光的玲玲，被苏瑞娶回家。此时，王政还是一如既往的样子、毫无说"不"的样子，站在主任旁边，等待吩咐。）

张　鑫：（张鑫将抽出来的一本书顺手合上，转身看向王政，带着高音说道）好！（随后，这边的舞台灯光转暗，调亮另一侧舞台。）

（苏瑞父亲家中，布置简洁大方，色调统一，一个双人沙发，一个单人沙发，围绕一个木制茶几，茶几上简单放着一盘刚切好的水果，很显然，是苏瑞夫妇到父亲家中做客的样子，现在为晚饭时间，厨房不时传出苏瑞母亲炒菜的声音，苏瑞妻子在厨房和苏母一起忙活，偶尔传来画外音，"妈，您歇着，我来。"家中透着温暖的黄光，放松而惬意，沙发旁边，支起一个饭桌。此时，苏父靠坐在单人沙发上，正在吹手中的热茶，苏瑞端坐在双人沙发上看着父亲，他的茶杯放在茶几上冒着热气。）

苏　父：说吧。（苏父边说便吹着手中的热茶。）

　　　　（苏瑞父亲，五十六岁，原 A 师政委，刚刚退休不到一年，他是标准的中国审美长相，国字脸、双眼皮配上粗黑的眉毛，高鼻梁上架着一副老花镜。他身材魁梧，稍稍有些发福，个子不高，穿着一身清爽的深蓝色格子家居服，从他的言谈举止中，能看到一个戎马一生的军人形象，在他脸上的皱纹里，藏着从容、高贵的品质，他一直想将这种品质移植在儿子苏瑞身上，但苏瑞总是无法理解父亲的用心，以至于他们父子一见面眼中就会燃起幽蓝的火焰。）

苏　瑞：爸，这不玲玲回来了么，我们就是来看看你们。

苏　父：我还不知道你？说吧。

苏　瑞：爸，我们师快改革了。

苏　父：嗯，听说了。

苏　瑞：我们科只能留一个。

苏　父：嗯。

苏　瑞：爸，你跟我们政委说说吧。

苏　父：我一个退休干部，不方便。

苏　瑞：爸，你没退休那会儿，跟我们政委不是关系不错嘛，再说了，你都退休了，有啥不方便的。

苏　父：你要是行，还用我去说？

苏　瑞：爸，我在山里待了五年，你一点没管我，这次你要是还不管，我就要被分流到外地了，你什么时候才能当上爷爷。

苏　父：别拿当爷爷这事唬我，你要是行，组织肯定留你，你要是不行，赔上我这张老脸也白搭。（大声地）

苏　母：（听到客厅里的声音，苏瑞母亲从厨房里跑出来，系着围裙，端着两碗米饭，啪往饭桌上一放，一副无奈的样子，饭桌上先前已经有着两盘冒着热气的青菜）我说你俩刚见面就不能消停消停。

　　　　（苏母，五十一岁，身材纤细，白皙的皮肤透着知识分子的光辉，她就像一汪清水，不加任何人工雕琢，即使是在家中，她也将头发梳得整齐干净，她是当地小有名气的作家，出版过七八本书，苏瑞也正是在母亲的教导下从小开始写作，这次从大山里调出来，也正是因为从小攒下的笔头功夫才脱颖而出。她有着江南女子的温润，是苏瑞和玲玲、苏父之间的调和剂。）

苏　父：先去吃饭。（苏瑞什么都没说，想起以前父亲对自己从大山调到机关的事没帮一点忙，这次改革，刚提一句就吃了闭门羹，心里赌气，走到饭桌前坐下。此时玲玲端着一盘菜上，坐到了苏瑞旁边。）

玲　玲：（玲玲，二十九岁，四川人，一米六五的身高，身材匀称，面容清秀，她的眼睛不大，却恰到好处地配着一对柳叶弯眉，笑起来有股茉莉花的清澈，她骨子里，有着傲娇气，平时不动声色，关键时刻犹如一声惊雷，切中要害，让人受不了又无法抓她把柄，从她走路的姿态中可见一斑。她是个八面玲珑的角色，心机颇深但善良讲理，她是苏瑞的军校同学，女军官，毕业后跟苏瑞和王政一起被分配到了M山基层，现在仍在M山工作。她和丈夫苏瑞现在处于两地分居状态，此次回来，是因为出差到师部，苏瑞父母家在师部所在城市。此刻，她看出苏父和苏瑞情绪不对，赶紧上来调和。）爸，这盘菜是我炒的，是您最爱吃的西蓝花炒腊肉。

苏　父：嗯——（瞥了一眼儿媳妇，夹了口西蓝花放在嘴里。此时，苏母进，摘下围裙在饭桌前坐下。）

玲　玲：妈，您也吃。（说着往婆婆碗里夹了一块腊肉）

苏　母：（吃着）这腊肉味道不错啊。

玲　玲：当然，知道爸和苏瑞爱吃腊肉，我妈亲手晒的。

苏　母：亲家母的手艺就是不一样。

玲　玲：自己爸妈上了心的事，哪有差的啊。

苏　母：是，亲家母费了不少心。

玲　玲：哎，我妈啊，我从小到大，有什么事，只要找她，她肯定尽心尽力地办。（玲玲一眼都不看苏父，只顾着给大家夹菜。）晒个公公和苏瑞爱吃的腊肉就更是不在话下了，来，妈，您也多吃点。

苏　瑞：呵呵，真羡慕你啊。

玲　玲：说什么呢，爸妈可为我们费了不少心。

苏　瑞：是没少不费心。

玲　玲：你别阴阳怪气的，爸还能眼看着我俩分居两地，赶紧吃饭。

苏　父：行啦！你俩别在这唱双簧了，吃完赶紧回自己家去吧。（苏父把筷子往桌子上一扔，转身摔门而出，留苏瑞、玲玲和苏母在饭桌上。玲玲立刻收起乖巧劲儿，白了一眼，饶有兴致地吃起饭来。）

苏　母：玲玲啊，你俩要孩子的事提没提上日程啊？

玲　玲：（做撒娇状）妈，你说我还在 M 山，虽然领导说了，只要有来师部出差的机会，就派我来，可是，你看苏瑞调到机关都大半年了，这虽然是好事，组织也在考虑我们两地分居赶紧调到一块儿来，可是，毕竟我们现在还是两地啊。

苏　母：唉，我知道，你说妈跟着你爸大半辈子了，两地分居的难处我是最知道的了。

玲　玲：而且妈，我和苏瑞虽然两地，但不管怎么说，他还在 J 师驻地，我虽然在 M 山，也是隶属于 J 师的，如果这次苏瑞要是到了别的地方，先不说天南地北的，您这当奶奶的愿望估计也得再往后拖了。

苏　母：唉，铁打的营盘流水的兵，你爸当年也是不断地调到这儿又调到那儿，今天我随军过来了，没几天他调走了，我又要向组织申请，把工作办过去，苏瑞啊，小学就换了三个学校。

玲　玲：妈，现在形势跟您当年不一样了，是流水的营盘流水的兵。妈，爸是部队退休的老干部，离任时间不长，现在的形势和以前不一样，您能不能跟爸说说，看看能不能帮苏瑞留下，他留下了，我的事就都好说了，您也好早点当奶奶啊。

苏　母：我明白，孩子，你爸你也了解，腰板直了一辈子，什么时候见他求过人啊，有时候啊，我们要学着面对和接受命运给我们的考验，部队今天的改革，不也是为了守纪律、正风气么。

玲　玲：话虽如此，妈，还是多为您未来的孙子、孙女想想。（见苏母油盐不进，反而想把她说服，拿起桌子上的水壶给苏母倒水，脸上掠过一丝让人难以察觉的愤怒，然后面带假笑放在了苏母旁边。）

苏　瑞:(玲玲和苏母说话时,苏瑞一直闷头吃饭,此时,他带
　　　着郁闷的情绪说着)玲儿,吃完了吗?吃完咱回去吧。

玲　玲:回哪儿啊,回你那破宿舍?今天就在妈家住,我哪儿也
　　　不去。(苏瑞脸上闪现一丝窘迫,灯光渐暗,大幕拉上)

第二幕

　　　景——下午四点半左右,天气阴沉郁热,空气潮湿,压
　　　得人烦躁,师部操场上,几个连队在争先恐后训练体
　　　能,画外音可清晰听见几支队伍正在高声操练,指挥员
　　　的命令和战士的应和声此起彼伏,这种场景,让正在跑
　　　步的张鑫和康有顺想起了多年前的日子。此时,张鑫和
　　　康有顺身着体能训练服上,在舞台上一起跑几步后,康
　　　有顺明显跟不上张鑫的速度,慢慢停下走了几步,到操
　　　场一隅坐下,气喘吁吁,张鑫自己又跑了一圈后,来到
　　　康有顺身边,意犹未尽地接着做起了俯卧撑,看张鑫的
　　　样子,仿佛还有半数以上的力气尚未发挥出来。

康有顺:老张,你还真行啊。

张　鑫:老康,你可不是当年的你了啊。

康有顺:是啊,不过当年你可跑不过我。

张　鑫:但那次全连五公里越野大考核,我们排可是和你们并列
　　　第一。

康有顺:哎,这不公平,你知道的,我们头天晚上可是有一半人
　　　马被指导员拎出去罚站了,觉都没睡好,要不保准赢你。

张　鑫:那谁让你们不守规矩,被指导员逮到,他可是铁面包
　　　公,能不能赢过我,我不知道,反正最终我们是第一。

康有顺:是是,你总是不服输,一个月时间把战士们从第二名训

练成集体第一名，就算是并列的，那也不容易。

张　鑫：要是其他连队，我们排早就第一了，这不还是你厉害
　　　　么，也总不能跟在你屁股后面跑啊。

康有顺：哪有哪有，那次以后，我记得你们三排还三次拿了集体
　　　　五公里越野第一名，团里准备派你们去参加集团军比武。

张　鑫：是啊，不过那会儿你已经调走了，战士们虽然不用跟在
　　　　你老康后面当千年老二，但没了劲敌，似乎也没那么有
　　　　趣了。

康有顺：是你觉得没那么有趣了吧？

张　鑫：哈哈

康有顺：不过后来，我也挺佩服你，把我们排里的尖子兵抽调到
　　　　你那儿去参加大比武。

张　鑫：说哪儿的话，这不是为了能在集团军比武中拿上名次
　　　　么，我们排里谁是葱谁是蒜我还不知道么。

康有顺：哎？你知道吗？就那回从我们排里选出去的那个李小
　　　　东，你还记得不？

张　鑫：他当时是最优秀的障碍越野尖子。

康有顺：我听说他就是因为那次比武被破格提干。

张　鑫：要不要再跑一圈。

康有顺：得啦得啦，我可跑不动了。

张　鑫：这就跑完啦？

康有顺：（坐着压根儿没动，若有所思，感慨岁月流转）唉，时
　　　　间过得真快啊，一晃都十六年了，当年身轻如燕，如今
　　　　体肥如豚了都。

张　鑫：哈哈，是我们老了。

康有顺：老张，你还真不怎么见老，身材都没怎么变，反倒是我
　　　　啊，自己都快认不出了。

张　鑫：哈哈，我说你啊，每天多运动运动，别老把自己锁在屋子里，在文字的海洋里游泳啊。

康有顺：说得容易啊，我这政治部的主任，每天不跟文字打交道可不行啊。

张　鑫：哈哈，也是，你们可是出思想的部门，思想部门不能松懈，思想要是松懈了，那队伍可就不好带喽。

康有顺：是是，不过你说得也没错，身体是革命的本钱，我也应该把自己的体能素质好好提一提。

张　鑫：都十六年了，那你女儿菁菁眼瞅着也十……（张鑫想说菁菁眼瞅着就十七岁了吧，还没说完就被康有顺急忙打断了）

康有顺：放心吧，上次化疗之后已经无大碍了，已经回学校上课了。（菁菁：康有顺的女儿，因得血液病停课治疗，康有顺想赶紧结束这个话题。）

张　鑫：你说菁菁化疗？

康有顺：啊，已经没事了。

张　鑫：她……哦（欲言又止）那就好。

康有顺：（用手抹了一把头上的汗，转移着话题）马上改革，也不知道还能不能穿这身军装了。

张　鑫：老康，你是主任，昨天刚听政委说你是骨干，肯定要留下的啊。

康有顺：话是这么说，就算留下了，也不知道还能穿几年。

张　鑫：别这么讲，新事物取代旧事物，改革肯定是越改越好。

康有顺：这话没有错。

张　鑫：你看我们纪检部门，现在可是实打实的。

康有顺：你们从来都是实打实。

张　鑫：这次巡视，上级要让它常态化，以后啊，老康，我们估计要常见面啦。

康有顺：常见面好啊，正好监督我把身体素质搞上去。

张　鑫：哈哈，只要我在，你就一定要出来跑五公里。

康有顺：这都没问题。

张　鑫：以后晋职晋衔体能可都是硬杠杠。

康有顺：嗯。

张　鑫：一票否决。

康有顺：那可真要好好练练了。

张　鑫：可不，这也是我们巡视的重要一项。

康有顺：你们还有什么重要项啊？

张　鑫：哈哈，老康，你知道的，巡视可不是闹着玩儿的事，我
　　　　们上级对我们也有约束呢。

康有顺：是是，我这不随口问问么。

张　鑫：哈哈，你还是老样子。可是今时不同往日啦，几手牌要
　　　　放在一起打。

康有顺：不知我们这儿的牌，您打得怎么样了啊？

张　鑫：哈哈，别担心，这副牌很有趣。

康有顺：怎么个有趣？

张　鑫：哈哈，老康你别着急嘛。

康有顺：我没有。

张　鑫：牌还在手里，不到最后，我看不见真相啊。（仿佛话里
　　　　有话）

康有顺：哈哈，是是，你是组长，你好好打。

张　鑫：老康，有点紧张啊。

康有顺：巡视遇上改革，谁不紧张啊？

张　鑫：哈哈……

康有顺：派给你的小王，工作还可以吧？

流水的营盘

张　鑫：嗯，这小子不错，干活很认真，每次交代给他的事办得都很利索。

康有顺：（若有所思……脸上假笑）那是那是……

张　鑫：怎么？

康有顺：噢，没什么，小王这孩子很能干的。

张　鑫：是啊，你给我派了个好帮手。

康有顺：要是人不够，我再给你派几个都没问题啊。

张　鑫：哈哈，小王一个就够啦，估计你们机关的事情也少不了，我就不多占你人手了。

康有顺：别客气，有什么需要就跟我说。

张　鑫：放心，跟你我十几年前就没客气过。

康有顺：是是，别客气。（假装笑盈盈，内心很紧张。）

　　　　张鑫、康有顺下，时间过了约三小时，太阳西垂，康有顺独自一个人坐在办公桌前，点着一根烟，他慢慢地抽了一口，缓缓地将烟雾顺着嘴缝吐出去，康有顺正在琢磨着事情，这股思绪时而明晰时而混乱，他想确认一些东西，但又找不到突破的大门。现在，他开始回忆刚刚和张鑫的对话，手中的烟不断独自向上冒着白雾，燃烧着，他只是把烟夹在食指和中指之间，并没有吸吮，背景音乐给出墙上钟表滴答滴答的白噪音，康有顺直勾勾地盯着办公桌前的白墙，仿佛这间屋子没有人一样。他办公室的门敞开着，现在已是晚上八点多，大多数人已经下班了，可是，王政还在办公楼里，他刚好路过康有顺的办公室，将康有顺从一团乱麻的思绪中猛然惊醒。

康有顺：小王。

王　政：（王政刚拿着一个文件夹路过康有顺办公室，听见主任喊他，又转身走进主任办公室）主任，您叫我。

康有顺：这么晚，还没回去啊？（此刻又开始吸吮手中的烟蒂。）

王　政：是，主任，手里还有点活没有干完。

康有顺：哦，这阵子派你去协助巡视组工作，还可以吧？

王　政：是，还好，主任放心。

康有顺：哦，对你，我倒没有什么不放心的。

王　政：谢谢主任信任。

康有顺：你手里拿的什么？

王　政：一些巡视组要的材料，主任。

康有顺：给我看看。

王　政：（有所迟疑，但还是递给了康有顺）

康有顺：苏瑞的履历？

王　政：是。

康有顺：张鑫让你找的？

王　政：是。

康有顺：他让你找这个干吗？

王　政：主任，这个……我也不知道。

康有顺：哦，他还让你找什么了？

王　政：张组长平时就让我干干跑腿的活。

康有顺：比如呢？

王　政：他会查看一些账目开支和用途，而且会看看审批人和经
　　　　办人的家庭情况。

康有顺：家庭情况？

王　政：是

康有顺：还有呢？

王　政：主任，张组长跟我强调过……

康有顺：不让你跟我汇报是吧？

王　政：主任……您看我……

康有顺：看你什么？

王　政：张组长说巡视组有纪……律……

康有顺：我是政治部主任，以前也是纪检干事出身。

王　政：主任，我也没办法。

康有顺：你父亲怎么样了？

王　政：报告主任，多亏了您上次跟地方部门协调，他已经出院了，这次他终于听了我们的劝，说以后不出去打工了，准备和母亲一块儿，把老家的地好好拾掇拾掇。

康有顺：嗯，那就好。

王　政：主任，我……

康有顺：好好干吧。

王　政：可是……

康有顺：没有那么多可是，你回去自己好好想想，父母就你一个儿子，把你培养成军官不容易，要是……

王　政：主任，我明白。

康有顺：嗯，回去吧。

王　政：是（很迟疑）。

（苏瑞家，苏瑞父亲和张鑫坐在沙发上，苏母正忙着往茶几上端水果，茶几上有两杯正在冒着热气的茶，张鑫还是一贯爽朗的样子，他穿着简单干净，头上的自来卷发顺势向后背，透着精干，他刚刚给苏瑞父亲带的家乡茶叶被放在茶几的一侧，外面燥热，屋里空调的凉风徐徐，整个氛围放松舒适。苏瑞母亲端完水果后，优雅地坐在一旁，面带微笑听他们聊天。）

张　鑫：您还是老样子。

苏　父：你最近怎么样？

张　鑫：那次调走，我一直在南方军区，这不是临时组建巡视组，才有机会回来看看您。

苏　父：当年还是个小上尉，回来都是师职干部了。

张　鑫：哈哈，无论什么级别，我都是您的老部下。

苏　父：你们那一批，就数你最有出息。

张　鑫：要不是当年您把我从连队选过去，我也不会是现在的我。

苏　父：是金子在哪儿都发光。

张　鑫：哈哈，老科长，喝茶喝茶。

苏　父：你这信阳毛尖，真是不错啊，以后不要给我带了，我这儿啊，有茶。

张　鑫：老科长您放心，这回联系上您了，以后每年，我都让家属给您邮点，多了供应不了，您自己喝的我还是可以的，放心，这都是我自己掏腰包买的，哈哈哈哈。

苏　父：你呀。

张　鑫：这么多年了，我还是忘不了您当年对我们说过的话。

苏　父：哦？我当年跟你们说过什么啦？我自己都记不得了啊。

张　鑫：您记不记得，有一次我们加完班都半夜一点了，大家都饿得几里地以外都能听见肚子咕噜噜叫，您就带着我们打了两辆车，直接奔到"垂涎小吃街"，我们吃烤串，喝啤酒，哈哈，赶紧把肚子填饱后，又觉得光吃烤串太腻了，然后又换了家清淡的馆子。

苏　父：嗯嗯，不错，记得记得，那次大家写材料辛苦，熬了一个星期，终于在那天晚上推好了，第二天材料一拿出来，那叫一个好，我听说两年后，还有机关拿我们那个材料当培训素材呢。

张　鑫：是啊，那次推的材料确实好。老科长，您记不记得，我们换了家清淡馆子之后，大家每人点了一份菜？

苏　父：嗯，记得记得。

张　鑫：每盘菜外面是素的，里面全是卤肉。

苏　父：我知道了，你是想说给我的那一份吧？

张　鑫：哈哈，不愧是老科长，我想说的就是给您的那份。

苏　父：是啊，奇了怪了，外面看起来都挺好的，我那盘里的肉
　　　　竟然是馊的。

张　鑫：哈哈，您是性格好，不跟那个老板娘计较，还说她们不
　　　　容易，大半夜的可能也没有看清楚。

苏　父：是，这你都记得。

张　鑫：您端起那盘菜跟我们说，这人啊，从外面看都挺好的，
　　　　都是盘绿色的、生机盎然的、新鲜的青菜，里面呢，也
　　　　一样是老板娘精心卤制的肉，只是有时候应该放在冰箱
　　　　里保鲜的卤肉，不小心自己站在外面晒太阳去了，以为
　　　　自己是青菜，应该多晒晒太阳，可是最后啊，远离了保
　　　　鲜的冰箱，它就变质了，变馊了，再回到队伍里，虽然
　　　　一眼看上去还看不出啥，但仔细看，或者闻一闻，吃上
　　　　一口，一下子就露馅了。

苏　父：嗯。（听出了点张鑫的言外之意，却又不明白张鑫的言
　　　　外之意到底指向哪里。）

张　鑫：哈哈哈，老科长，您当年教导我们的话，我可一个字都
　　　　没有忘啊。

苏　父：记得够清楚，来，吃水果。（脸色稍微有点变化，却也
　　　　耐得住。）

张　鑫：哈哈，吃，吃。

苏　父：你这次，都在哪儿巡视啊？

张　鑫：哦，就您原来当政委的 A 师和同一个地区的 J 师。

苏　父：哦。

张　鑫：哈哈哈，老科长您放心，A师我们已经巡视完啦，大家可是对您佩服得五体投地，一丝一毫的事情都没有。

苏　父：哦，就是嘛，我什么样人你是最清楚不过的了。

　　　　此时苏瑞媳妇玲玲突然回家，一进门发现有客人在，打了个招呼。

苏　父：玲玲，这是你张叔叔，以前我们一个科的。

玲　玲：张叔叔（很礼貌地点头示意）。

张　鑫：哦，你好。

苏　父：玲玲是我儿媳妇，也在部队工作。

张　鑫：哈哈，老科长真是有福气，能找到女军官做儿媳。

苏　父：哪里哪里，他们自由恋爱。

张　鑫：哈哈，时间不早了，我先回了。

苏　母：小张吃完饭再走吧，你看这马上就做好了。

张　鑫：不啦嫂子，我还有个件要赶紧处理一下，上面等着要呢。

苏　母：这么多年没见了，也不多坐一会儿。

　　　　（说着，张鑫已经走出了苏瑞父母家，他想说的都已经提前跟苏瑞父亲说了，接下来，他要办一件事，这件事再也没有什么让他为难了。苏父送完张鑫，慢慢地走回坐在沙发上，他敏锐地觉察到张鑫这次到来是话中有话，如果这次的矛头不是对准自己，那一定是苏瑞所在的J师，跟J师有关系的，就是苏瑞夫妻俩了，难道……苏瑞父亲陷入了深深的疑虑之中……灯光渐暗……）

　　　　（玲玲走进苏瑞办公室，苏瑞正在办公桌前看一份文件，心情不错，玲玲略带得意之情。）

苏　瑞：你怎么来了？

玲　玲：我怎么就不能来?

苏　瑞：啊，我不是那个意思，我俩是夫妻，工作时间最好还是忙自己的，在一个屋子里不好，让主任看见还以为我不好好上班。

玲　玲：瞧你那胆小的劲儿。我刚上楼找领导批了个件，顺便来告诉你一件事。

苏　瑞：哈，我正好也有个事情要告诉你，我先说吧。

玲　玲：你能有什么事?（不屑一顾的样子）

苏　瑞：你看，我刚拿到的文件，双军人夫妻的两地分居费涨啦。

玲　玲：我说你真是……（很无奈的样子）

苏　瑞：怎么啦?

玲　玲：我俩最要紧的是调到一起，我宁可不要两地分居费。

苏　瑞：那倒是，但你看现在政策还是越来越好了。

玲　玲：也不知道啥时候能调过来。

苏　瑞：媳妇，你往好了想，你这不也在这边帮助工作呢嘛，领导不也是想方设法让我们夫妻团聚嘛。

玲　玲：你不着急当爸，我还着急当妈呢，当了妈我要是还调不过来，你让我一个人带着孩子在山里生活啊?

苏　瑞：你看你又急了。

玲　玲：我能不急吗?我现在怀孕都属于高龄产妇。

苏　瑞：那我们趁现在就赶紧努力。

玲　玲：努力?唉，想想都烦。

苏　瑞：好啦好啦，我们回去再说，啊，这在办公室的，让同事听见多丢人啊。

玲　玲：你也知道丢人。

苏　瑞：你到底过来找我什么事啊?

玲　玲：啊对了，你昨天值班没回家，你猜我在家里看见谁了？

苏　瑞：谁啊？

玲　玲：那个巡视组长。

苏　瑞：张鑫？

玲　玲：嗯。

苏　瑞：他去我家干什么？

玲　玲：我看跟咱爸挺熟的。

苏　瑞：哦，还有这事。

玲　玲：行啦，我走了。

　　　　（苏瑞在办公桌前坐着，回想着刚刚玲玲说的话，玲玲
　　　　右手拿着刚签完的文件，迈着轻快的步伐走出苏瑞办公
　　　　室，她似乎找到了夫妻俩的希望。刚走出苏瑞办公室，
　　　　就在走廊碰见了王政，王政看见昔日眷恋已久的玲玲，
　　　　顿时有些不自然。）

玲　玲：王政！好久不见。

王　政：是啊，好久不见。

玲　玲：怎么样，看你气色还不错。

王　政：哦，还行，你来出差啊？

玲　玲：可不嘛，处里派我来机关帮助工作，这不也能和苏瑞见
　　　　着嘛。

王　政：哦，挺好。

玲　玲：哎？王政，你怎么样了啊？（神秘兮兮）

王　政：什么怎么样？

玲　玲：还装傻，我是问你个人问题怎么样了。

王　政：哦，一个人挺好。

玲　玲：上次我让苏瑞把他高中同学介绍给你，你们没有下文？

王　政：苏瑞的高中同学？

流水的营盘

玲　玲：啊，刘晓晓啊。

王　政：哦，我没去。

玲　玲：哎呀，她可是才女。

王　政：能有你有才华吗？（低着头小声嘀咕）

玲　玲：她可比我厉害多啦，人家可是博士毕业。

王　政：哦，谢谢你们。

玲　玲：哎？你怎么不感冒啊？

王　政：我感冒刚好。

玲　玲：我说你个王木头，再怎么说，你、我、苏瑞，那可是一个大学一个班的亲同学，眼看就奔三的人了，你赶紧成个家，我们也好放心。

王　政：哦。

玲　玲：哦什么哦，她的联系方式你还有没有？

王　政：没有，有……

玲　玲：到底有没有啊？

王　政：我……

玲　玲：行啦行啦，我微信发给你了，赶紧联系人家，你看你，跟上大学的时候一个样，对女孩子方面一点儿没长进。

王　政：我……

　　　　（王政一直想跟玲玲说些什么，从上大学开始到玲玲结婚，那三个字重如千斤，他一直开不了口，现在，王政再也没有机会对玲玲表达心意，每次遇见玲玲，王政都绕着道走，没想到今天撞个正着。王政一个人愣在走廊的阴影处，看着玲玲一点点消失在走廊尽头拐角处，军队制式女鞋的啪嗒声渐而悠远，仿佛陷入了时光的晕影中，模糊中渗透苦涩。）

第三幕

景——夜晚，苏瑞父亲家中，苏父和苏母正在家中看《新闻联播》，画外音为《新闻联播》中播出的一则新闻，中央将加大反腐力度，让巡视工作常态化，老虎苍蝇一起打，不断推进军队改革，加快强军兴军步伐……这时，苏瑞急急忙忙地回到家中。

苏　母：今天回来这么早啊，吃饭没呢？

苏　瑞：（大汗淋漓，心急如焚）不吃了妈，我爸呢？

苏　母：客厅看电视呢。（说着走进厨房，准备给儿子准备点吃的。）

苏　瑞：爸！

苏　父：嗯，回来啦。

苏　瑞：爸！张鑫查我。

苏　父：你说什么？

苏　瑞：爸，就是上次来咱家的张鑫，你的老部下，现在在查我。

苏　父：怎么回事？

苏　瑞：我刚刚接到清风复印社的电话，他们说有人去他们那儿，把我经手的近半年的印刷品清单全都核对了一遍。

苏　父：张鑫去的？

苏　瑞：那倒不一定，不过肯定是巡视组的人去的，爸，你经验丰富，你说他们是不是在查我？

苏　父：瑞儿，你告诉我，你有没有做过对不起组织的事？

苏　瑞：没有。

苏　父：真的没有？

苏　瑞：真的没有。

苏　父：那你现在慌张什么？

苏　瑞：爸，我确实没有做过任何对不起组织的事，我不知道在这个节骨眼儿上，他们为什么要查？

苏　父：那你就不用紧张了，没事。

苏　瑞：爸，我想知道他们到底在调查什么。

苏　父：那你找我，我又能有什么办法？

苏　瑞：爸，张鑫是您的老部下，您能不能把他约出来，问一问？

苏　父：不能。

苏　瑞：爸，虽然我是清白的，但万一他们没有查清事实……爸，帮我问问吧。

苏　父：我真不知道我怎么生了你这么个儿子，你既然坚定自己清清白白，你怕什么呢？从你入伍到现在，有什么困难都跑到我这儿，我好歹原先也是个师政委，你刚进部队的时候，我给你建议，你现在马上三十而立了，遇到事情还是慌慌张张，完全没有章法。我当年从农村出来，你爷爷就给了我一个干粮袋和六十块钱，这么多年，遇到事情我找谁去？我还不是自己解决，你一个男子汉，畏畏缩缩、做事从不动脑筋！

苏　瑞：爸，你从来都不帮我。

苏　父：我不帮你？我哪次没告诉你该怎么做？

苏　瑞：我在基层蜷了五年，我现在哪点比别的机关的干部差？

苏　父：那是因为你在基层的那五年，已经给你磨出个样来了。

苏　瑞：好吧爸，以前的事咱不提，这次你能不能帮我问问张鑫到底怎么回事，我现在有点慌。

苏　父：不用问，张鑫很正直，你要是清的，谁也搅不浑你。

苏　瑞：爸，你知道我们马上就要改革了，我现在真的不能被任何事影响。

苏　父：你也知道要改革了，我问你，要不是我当年坚持让你留在基层，改革你能有竞争力？别看我现在退休了，毕竟在部队干了一辈子，部队需要的是复合型强军人才，就像当年你非要调到机关，你看看你身边，当年大学毕业就到机关的人，他们工作吃不吃力？指导基层工作怎么指导？基层是什么他们恐怕都不清楚。

苏　瑞：爸，我现在就是想让你问问张鑫查我的情况，你怎么还在说机关基层的事啊？

苏　父：我是要让你明白，部队不是我开的，干什么都要讲规矩、守原则，否则吃亏的是你自己。

苏　瑞：爸，我就问你，你这次帮不帮我？

苏　父：我说了，清者自清，谁也不会让你变浊。

苏　瑞：行吧，你总有你的道理，我说不过你。

苏　父：我就想不明白了，你怎么总想走捷径？

苏　瑞：好，我是想，但什么时候走过？我一个师政委的儿子还没有一个农民的儿子干得顺。

苏　父：农民的儿子怎么啦，你爷爷是农民，我就是农民的儿子，你是农民的孙子。

苏　母：行啦，一见面就是吵吵吵，你爸一天一句话没有，你一来，憋了三个月的话一下子都说出来了。

苏　瑞：妈，我到底是不是他亲儿子？

苏　父：你说什么呢？

苏　母：（苏父要动手，苏母上前阻拦）好了好了，你赶紧出去遛弯儿，啊。

苏　父：（瞪着苏瑞，穿上鞋出去散步了。）

苏　母：你呀，怎么老惹你爸生气！

苏　瑞：妈，我爸为什么从来不想我好？

苏　母：你说的什么话，你爸就你这么一个儿子，他是最希望你好的。

苏　瑞：妈你看，我每次遇到事情，我爸不帮我也就算了，你刚才也听见了，当年他还告诉政委让我就在基层待着。

苏　母：你当年还是太年轻，机关的活计也没那么容易，就像你爸说的，你不懂基层，又如何指导基层呢？小时候你和你爸最好，他平时在家时间少，经常出差，三两个月才回一次家，每次回来你就缠着他带你去坐小木马，你爸啥时候说过"不"字啊，那时候坐一次小木马就要三块钱，你爸一个月工资才四百零点，我为了照顾你，又不挣钱，一家人全靠那点工资。你爸一出差，你就站在小木马旁边吵着要坐，我当年真是舍不得啊，抱着你就走，你狼嚎得整条街都认识你了。

苏　瑞：那我爸现在怎么这样？

苏　母：你真是到现在都不理解你父亲。他一生中最自豪的就是你了，你第一次在报纸上发表文章，你爸高兴得一宿没睡，第二天一早就带办公室去，整个A师炫耀个遍，就连咱家小区的看门大爷都知道他儿子上报纸了，文笔好。

苏　瑞：哎？我怎么不知道。

苏　母：你知道啥，你当时在M山，你爸让你好好锻炼呢。

苏　瑞：妈，那你说我现在该怎么办？

苏　母：你们刚才的事我也听见了，张鑫我知道他，他确实是个刚正不阿的人，你放心吧，只要你身子正，影子肯定不会被他照斜的，把心放肚子里，好好工作。

苏　瑞：这样行吗妈？万一……

苏　母：没有什么万一，儿子，你要像你父亲一样，做人做事坚硬些，不要害怕。

苏　瑞：哎，妈，我是真的没办法了才来找你们。

苏　母：我知道，来，先把饭吃了吧，我刚在厨房给你做的。

苏　瑞：（有些颓靡，心事重重地拿起筷子，慢慢吃起来，他也不知道自己在吃什么，食之无味。）

　　　　景——一个燥热的午后，J师会议室现在是临时的巡视组办公室，会议室的两扇窗户都开着，能清楚地听见窗外的蝉鸣，蝉鸣声起伏交错，到达极限后又弱回去，不一会儿又有一只蝉竭尽全力振动自己的身体，发出哔哔的响声，现在是下午刚刚上班的两点钟，太阳散发着热浪，一波一波地涌向屋内，围坐在椭圆形会议桌的人们满身热汗，他们不时用手中的笔记本扇两下，屋内的两只吊扇和一个落地电风扇在拼命地吹着混杂了热空气的风，每个人面前都摆着一摞巡视材料，大家都已经准备好了，这时张鑫还是一如既往，笔挺地走进来，带着潇洒和干净的气息。

张　鑫：都到齐了吧？

巡视员1：齐了组长。

张　鑫：好，大家把各自巡视情况做个梳理，都说说各自发现的线索，没有线索的汇报一下应该引起注意的问题倾向。王政干事，请暂时回避一下，不要走远，一会儿我会叫你。

王　政：是，组长。

张　鑫：好了，大家顺时针说说吧。

巡视员1：根据近三年J师的财务报表，未发现违规问题，但半年内，该师印刷教育活动相关宣传册五次，经费超出正常一个师该项预算幅度达百分之十，查阅相关党委记录、年度主题教育记录、相关教育配合活动记录等，怀疑有经费问题。

张　鑫：跟进调查了吗？

巡视员1：我们调查了经办人——政治部宣保干事苏瑞在此期间
　　　　　的家庭和银行开支情况，未发现异常，但宣传册印刷量
　　　　　超出该师人员两倍以上。

张　鑫：你怎么看待这个问题？

巡视员2：在以往的巡视中，曾出现过宣传册印量大大多于人员
　　　　　需求的情况，当时经过核查发现，部分印刷厂收取的大
　　　　　部分费用在于制版，印刷实际上成本相对低廉，也就是
　　　　　说，有些情况是印二百本书和一千本书，费用相差不会
　　　　　超过总价格的百分之五，所以，有时候会更倾向于多印
　　　　　刷一些资料，留待后用。

张　鑫：好，你再调查一下刚刚他说的这种情况。

巡视员1：是。

张　鑫：叫王政进来。

巡视员1：（出门将王政带进来）

张　鑫：王干事。

王　政：组长。

张　鑫：王干事，你对苏瑞，你的同事怎么看？

王　政：组长，您是说他的为人吗？

张　鑫：可以。

王　政：我和苏瑞是大学同班同学，毕业后一起到了 M 山，他是
　　　　干部子弟，想问题比较简单，而且不愿意在基层吃苦，
　　　　但为人正直。

张　鑫：你呢？你认为在基层是吃苦吗？

王　政：我倒没什么，我从小就生活在大山里，到了 M 山，对我
　　　　来说，只是从一座山换到了另一座山，生活上都很习惯。

张　鑫：你觉得苏瑞不怎么习惯是吗？

王　政：是的。

张　鑫：嗯，接着说。

王　政：而且工作上他一直把我当对手。

张　鑫：你呢？

王　政：我是这么想的。

张　鑫：因为苏瑞娶了玲玲，所以你对苏瑞感情很复杂是不是？

王　政：组长，您都知道了。

张　鑫：我们查出近半年的宣传册印刷，存在财政问题，你觉得
　　　　是苏瑞吗？

王　政：组长，虽说苏瑞娶了玲玲，我一直心里不好受，但我认
　　　　为苏瑞……苏瑞不会贪这点小便宜。

张　鑫：你是说你相信苏瑞？

王　政：是的组长，我们毕竟是大学同学，又在一起工作这么久。

张　鑫：嗯，我知道了，你回去吧。

王　政：是，组长。（走出会议室，并关好门。）

张　鑫：你们认为会是康有顺吗？

巡视员3：报告组长，我对比过过去5年J师与该印刷工厂的银
　　　　行流水和合同记录，没有任何问题，印刷量的大增，可
　　　　能是线索，也可能只是节省以后的印刷成本，还不足以
　　　　定性。

张　鑫：嗯，我知道了，你们不要放过一丝一毫的线索，明天再
　　　　去一次小工厂，看看有没有什么发现。

巡视员1：好的组长。

张　鑫：小王，康有顺主任的资料你收集了吧？

巡视员3：是，组长。

张　鑫：他是哪年当的政治部主任？

巡视员3：康有顺2016年9月任政治部主任。

张　鑫：哦，也就是说康有顺是三年前才任现职的了。

巡视员3：康有顺的政治部主任命令是三年前下发的，但在此之前，他还当了两年代理政治部主任，虽然当时还没有命令。

张　鑫：哦，这样啊，那康有顺在这里五年了。

巡视员3：是的。

张　鑫：康有顺有个女儿，叫菁菁，我上次听他说刚刚化疗完？

巡视员3：是的组长，康有顺的女儿康菁菁患血小板综合征，正在接受化疗。

张　鑫：正在？

巡视员3：是，她一直停课在医院进行治疗。

张　鑫：康菁菁哪年患病？

巡视员3：康有顺是从五年前开始领取军队大病补助金，每年一万元，也就是说康菁菁至少患病五年了，但这些补助似乎不够她女儿的医疗费。

张　鑫：你有没有调查康有顺平时的开支情况？

巡视员3：康有顺在2018年，也就是去年，已经卖掉了自购的第二套房子，现在全家住在单位配给的公寓房里。

张　鑫：他把自己家房子都卖了。

巡视员3：是的组长。

张　鑫：小李，你查政治部的账目，还有什么不对的吗？

巡视员1：组长，除了有关宣传册数量的疑点外，目前还没有发现别的什么问题。

巡视员3：组长，康有顺在当政治部主任前，在团里是管纪检的，所以他一定懂得纪检的所有规程。

张　鑫：我知道你的意思了，有关康有顺女儿的情况，你们要持续深入了解，还有关于那八名士官，有必要的话，可以去走访那两名已经退伍的士官，他们现在人不在部队，没有顾虑，应该会告诉你们当年的真实情况。

巡视员1：组长，那苏瑞干事呢？现在还需要进一步了解吗？

张　鑫：他可以不作为重点，重点放在康有顺身上。

巡视员1：是，明白。

张　鑫：同志们还有什么不清楚的吗？

巡视员2：没有了组长。

巡视员3：没有了组长。

张　鑫：好，散会，一周后再开会，大家辛苦。

（十天后傍晚，外面淅淅沥沥地下起了小雨，张鑫和康有顺两个人在一家小饭馆里，小饭馆里的人很少，他们坐的桌子紧挨着落地窗，雨滴落在窗玻璃上，将外面的橙红橙绿的灯火幻化成一个个闪光的小圆点，此处适当放一些雨滴的白噪音，他们只点了一些小菜，很显然，来到小饭馆是为了叙旧的。）

康有顺：真不来点啊？

张　鑫：不啦不啦，明天还有正事要办呢。

康有顺：我说你啊，什么时候都是正事正事，明天星期天，你咋那么多正事！

张　鑫：哈哈，真有正事，明天你弟妹生日，这不是正事是啥？

康有顺：那提前祝弟妹生日快乐啊。

张　鑫：谢谢谢谢，我一定转达到。

康有顺：咱俩就少来一点点，今天周六，不违反规定。

张　鑫：真不行啊大哥，你知道我这每天健身，陪你下馆子就已经很放开了，再喝啤酒，那我这一个星期的臭汗岂不是都白费了。

康有顺：当年咱们同批的排长中啊，我就最服你，坚持原则，守住底线，决不放松。

张　鑫：来来来，这北冰洋汽水不也是带汽的水么，你就当是啤酒，啊。

康有顺：我说老张啊，你不喝，我可要喝点了。

张　鑫：行行行，那你就喝点，但不能喝多啊，规定上说周末可以适当饮酒，你可别过量啊。

康有顺：你也喝点吧。

张　鑫：不瞒你说，我已经将近十年没沾过酒了。

康有顺：真的假的，你自己就是一纸活生生的禁酒令啊，你要是真不喝，那我也不喝了，一个人喝酒多没意思。

张　鑫：来，吃颗花生米，你一直最爱吃陈醋花生米。

康有顺：是啊，这你都记着呢。

张　鑫：老哥要是遇到什么难处，可得跟我这个老弟说啊，不能硬扛。

康有顺：看你说的，我能有什么难处。

张　鑫：有难处，找兄弟，兄弟齐心想办法。

康有顺：哈哈哈，我以为你个巡视组长会说有难处找组织。

张　鑫：是啊，有难处是要找组织，组织能帮你的都会帮你。

康有顺：帮不到的找兄弟喽。

张　鑫：帮不到的，总会有别的解决办法，你不能硬让组织、为难组织帮着你。

康有顺：你这话什么意思？

张　鑫：老康啊，你和以前不一样了。

康有顺：我哪不一样了？

张　鑫：胖了、老了，变得认不出了。

康有顺：老张，你话里有话啊。

张　鑫：你啊，变得认不出喽。

康有顺：你到底什么意思？

张　鑫：老康，菁菁现在怎么样了？

康有顺：菁菁一直很好。

张　鑫：别瞒我了。

康有顺：我瞒你什么了。

张　鑫：我知道你已经让菁菁转院了，就是怕我查你。

康有顺：我为什么怕你查我，我又没有问题。

张　鑫：你真的没有一点问题吗？

康有顺：是，我女儿得了病，这家医院不好，我还不能换一家吗？

张　鑫：你是换一家那么简单吗？你是怕医疗记录暴露了你的开
　　　　支。

康有顺：我怎么会怕医疗费的开支？

张　鑫：因为那是你的另一面，我知道，你已经伸手了。

康有顺：你有什么证据？

张　鑫：我当然有证据。

康有顺：我女儿菁菁是得了重症，需要资金医治，但我卖房卖车
　　　　已经准备好了钱，我是纪检干部出身，怎么会伸手？

张　鑫：你还记得你是纪检干部出身？好，那你自己查查该判几
　　　　年了。

康有顺：你！

张　鑫：康主任，如果你如实向组织说明情况，并将收授的钱款
　　　　一并上缴，组织最大宽限，可以让你复员，如果你还是
　　　　拒不承认，那什么后果，你自己考虑。

康有顺：（起身要走）

张　鑫：菁菁也算是我看着长大的孩子，她小时候我总抱着她去

买雪糕，菁菁得了这样的病我心里也很难受，老康我跟你说，今天我约你，就是要提醒你，纪律面前没有特殊，我真的很痛心你怎么会变成现在这个样子，你有再大的困难，也不能走这一步啊，怎么不跟我这个老弟说啊，让我来帮你啊？

康有顺：（又坐下，有些气馁）老张啊，菁菁她……

张　鑫：你不用说了，我知道菁菁现在还是昏迷不醒。我想菁菁也不希望当自己醒来的时候得知自己的父亲，自己的父亲为了给自己筹钱看病，而进了牢房吧？

康有顺：（康有顺仿佛瞬间老了十岁）

张　鑫：老康啊，我是巡视组的，我们是有了证据、有了线索才来的啊。今晚你回去好好考虑一下我的建议，组织希望你能自己对组织坦白……越早越好，在这期间，菁菁的一切费用由我来出，我是她张叔叔，我会好好照顾她，老康，及时止损吧，不要再执迷不悟了。

康有顺：（目光犹疑，坐在那里没有说一句话，灯光渐暗。）

第四幕

（正午，苏瑞父亲穿着西服，风度翩翩，来到苏瑞所在 J 师附近的火锅店，吃饭。）

苏　瑞：爸，你今天中午怎么来了？

苏　父：我正好到这附近办点事。

苏　瑞：你退休的老干部，来这能有啥事？

苏　父：退休了就不中用了呗。

苏　瑞：爸，我不是那个意思，你看自从我入伍，你可从来都没在我单位附近出现过，更别说在附近吃饭了。

苏　父：哦，这不是赶上了么，一直挺好吃这儿的火锅。

苏　瑞：爸，我今天请你。

苏　父：呵？知道请你爸了。

苏　瑞：爸，我知道我以前做得不对。

苏　父：你做得不对的地方多着呢。

苏　瑞：我是说，我以前误解你了。

苏　父：嗯，现在反应过来也不迟。

苏　瑞：爸，你多吃点，想吃啥都点上。

苏　父：我呀，是想告诉你，很多事情上天自有安排，你不要急于求成，也别妄想自己可以规划好命运的每一步。

苏　瑞：是，爸，我现在想明白了。

苏　父：你之前准备给康有顺送的那几条烟，我给抽了啊。

苏　瑞：爸，你都知道啦。

苏　父：知子莫若父，还好你没送。

苏　瑞：现在康被审查了，也不知道我们这个名额是会给我还是王政。

苏　父：你入伍到现在，就是太有资源了，这是把双刃剑，用好了是帮你，用不好是害你。

苏　瑞：虽这么说，我也从来没见你用过啊。

苏　父：（突然又严肃地看着苏瑞）

苏　瑞：（赶紧赔笑）啊，爸我错了我错了，来您多吃点牛肉。

苏　父：（看了苏瑞一眼，拿起筷子开始吃）

　　　景——傍晚，连续多天如火的夏日迎来了久违的清凉，微风吹动着苏瑞宿舍淡蓝色窗帘，似乎一切都在躁动之下变得平静，苏瑞一个人坐在书桌前，他什么都没有干，只是坐在那里，书桌上放着一摞还未整理完的文件，最近的一系列事情有些让他始料不及，他已经在桌前一个人发了一个多小时呆了，可还是缓不过神来，此时，有钥匙开门的声音，玲玲穿着军装进来了。

玲　玲：瑞，我明天就要回去了。

苏　瑞：（从书桌那里转过身来，回过神。）什么？你明天就回去？

玲　玲：是啊，刚刚单位领导给我打电话了，让我回去。

苏　瑞：我们夫妻俩又要分开了。

玲　玲：还有……就是，这个月又失败了。

苏　瑞：（抱住玲玲）别着急，迟早会有的。

玲　玲：（眼含泪水）我每次看见人家的孩子在地上跑来跑去，我就在想，以后我们的孩子，他（她）会是男孩还是女孩，他（她）长得更像谁，要是个儿子，我想让他成为外交官或者医生，如果是女孩，我希望她有思想、独立，一辈子能做自己喜欢的事。

苏　瑞：就像你一样。

玲　玲：我希望她比我更自由。

苏　瑞：如果是男孩，我希望他也是一名军人，像他爷爷一样。

玲　玲：像爸爸也行。

苏　瑞：他爸爸总是太幼稚，在很多问题面前看不清楚。

玲　玲：好啦瑞，你还年轻，年轻时绕弯路在所难免，还好有父亲给我们把关。

苏　瑞：是啊，这么多年，我当兵这么多年，直到今天我才知道我爸是对的。我还记得刚毕业那年，我背着三个大包，拖着两个行李箱去单位报到，苗干事把我从火车站接过去的时候，天已经黑了，外面下着小雪，我实在太累了，迷迷糊糊就睡着了，当车子进营区的时候，咯噔一下，减速带把我震醒了，眼前只有三座低矮的老建筑，后面是远山，我回过头，进营区前的路黑漆漆地向远处延展，连路灯都没有。

玲　玲：现在路灯安上了。

苏　瑞：出门要走几公里的山路，才能碰上个三驴蹦子坐，要不还得走上几公里，这些年也辛苦你了，在山上，我从来都没见过你穿高跟鞋。

玲　玲：瞧你说的，山上全是石子路，穿高跟鞋不还走一步摔一步啊。

苏　瑞：这些年苦了你了，谁让我们是军人呢。

玲　玲：哈哈，说这干吗，早就习惯了。

苏　瑞：你看你现在穿的高跟鞋，配这身军装，多好看。

玲　玲：好看又不能当饭吃。

苏　瑞：上一个冬天宿舍还冷吗?

玲　玲：你调到机关后，单位把锅炉翻新了，已经不冷了。

苏　瑞：我还想着今年冬天你要是还调不回来，我给你做个五斤的蚕丝被送过去呢。

玲　玲：那还不得给我压成一道闪电。

苏　瑞：不过玲玲，你放心，我相信组织会尽快让我们夫妻在一个地方的。

玲　玲：你们主任的事，我听说了。

苏　瑞：嗯，真是没想到啊。

玲　玲：纸包不住火，再严丝合缝也会被眼尖的苍鹰揪出来。

苏　瑞：是张组长太了解康有顺了。（话音刚落，有人敲门，苏瑞前去应门，发现是王政穿着军装过来了。）

王　政：苏瑞，我刚加班回来，看你宿舍灯亮着，想进来坐坐。

苏　瑞：快来快来。

王　政：玲玲也在啊。

玲　玲：快进来王政。

王　政：（有些不好意思，但还是进屋了，三个人围坐在宿舍一张小桌子前，玲玲坐在床上，王政和苏瑞坐在对面桌的简陋的木椅子上。）

玲　玲：也不知道你要来，我出去买点水果吧。

王　政：哎，别啦，都是老同学了，别这么客气。

苏　瑞：这头一次来我宿舍，玲玲，你还是去买点水果，我们好好坐坐。

玲　玲：好嘞。

王　政：这么多年了，我们仿佛头一次可以坐下来放松聊天。

苏　瑞：没有这么多年，是我跟玲玲结婚后的这五年来，你头一次能放松地坐下来跟我聊天。

王　政：说来见笑了。

苏　瑞：也没什么，我挺怀念从前，我俩没有隔阂的日子。

王　政：是啊，大学那会儿，晚上熄灯了，我们一人两碗泡面，再烫一根香肠，感觉自己是个皇帝。

苏　瑞：你什么时候开始喜欢玲玲的？

王　政：你不会还在意呢吧？

苏　瑞：我们都老夫老妻了，怎么会呢，就是有点好奇。

王　政：第一眼。

苏　瑞：那你岂不是很恨我？

王　政：恨你有什么用，玲玲估计也是第一眼见到你就喜欢你了。

苏　瑞：那我倒没问过。

王　政：你这样长得帅、家境又好的男孩，最招女人喜欢。

苏　瑞：我长得帅不帅、家境好不好我不敢说，但结婚前追我的女孩子是真的没有断过。

玲　玲：都有谁啊？哈，我知道，我都能给你数出五个来。（此时正好推门进来。）

苏　瑞：你什么时候回来的啊，净听些不该听的，赶紧去把西瓜切了，啊。

王　政：玲玲估计现在都不知道我喜欢过她的事。

苏　瑞：玲玲那么聪明，她早就知道了。

王　政：（有些尴尬。）

苏　瑞：所以，我俩总在给你介绍女朋友，希望你也赶紧成个家。

王　政：说得容易啊，我爸妈这两年在外面打工，为了要工钱，刚出院回老家，成家可是有成本的啊。

苏　瑞：单位的公寓，先住着。

王　政：这现在的女孩子眼光可高着呢，本来存了点工资，准备付首付，先把房子买了，现在可好，房价又翻了一倍，首付也付不上了。

苏　瑞：没买就没买吧，会有好姑娘愿意先跟你住公寓的。

王　政：但愿吧，现在结婚也挺难的。

苏　瑞：我和玲玲两个人，每月也是要拿出一个人的工资付房贷，说实话，我还挺羡慕你单身的。

王　政：听说改革的文件已经下到军里了，明天上午，师里就会尘埃落定了。

苏　瑞：真没想到，我一直把你当工作上的竞争对手，在关键时刻却是你站出来帮我澄清。

王　政：再怎么说，黑的不能变成白的，白的也变不成黑的啊。

苏　瑞：张鑫已经都告诉我了。

王　政：是你来机关时间短，不熟悉规程，被有心人钻了空子。

苏　瑞：那些单据，我在签之前，特意看了好几遍，没想到……

王　政：好了，都过去了，好在有惊无险。

苏　瑞：兄弟，这回我也想通了，咱们科，留谁都是组织的决定，我都能接受，穿上这身军装，就要时刻听从组织的安排。

王　政：那你要是移防了，玲玲怎么办？

苏　瑞：这些我已经无法左右了。

王　政：军改面前，我们只能做好自己该做的，这也是支持改革。

苏　瑞：你的心态是对的。

王　政：我刚刚去找政委了。

苏　瑞：哦？

王　政：我跟政委建议，如果咱们科只能留一个，让你留下。

苏　瑞：你怎么会！

王　政：我俩工作能力相当，对组织来说都是一样的，但你成家了，成家了就有了羁绊，而我不一样，我一个人，就算移防了，也只是重新找个地方扎根而已。

苏　瑞：想起了高尔基说过的一句话——"历史是神灵的神秘作坊。"任何一个戏剧家和小说家都无法揣测上天的安排。

王　政：我觉得这是我们三个最好的结局。

苏　瑞：政，谢谢你为我们夫妻俩着想。

王　政：这也是组织为你们着想。

苏　瑞：哎，之前我看你和康有顺走得近，还一度浑身不舒服，怕这个名额落不到自己头上，真没想到到头来你会自己把它让出来。

王　政：我本来就没想跟你竞争，当年比你提前来机关，呵呵，也不怕你笑话，也都是因为你和玲玲结婚了，我过于难受，所以发奋努力，想离开你们。

苏　瑞：哎，都是老同学，不说这个，不说这个。

王　政：兜兜转转，我们两兄弟最后还是在一个办公室。

苏　瑞：是啊。

王　政：我这人直，但我觉得人直点也挺好，前阵子康有顺一直拿改革能不能留得下，想从我这儿套消息。

苏　瑞：你是说巡视组的消息吗？

王　政：是啊，但他不知道，我不吃这一套啊，虽然，在住院的事情上，他也帮了我父母。

苏　瑞：是啊，没想到康有顺最后自己跟组织说明情况了。

王　政：是，康有顺敬业了一辈子，在这件事上却没有管得住自己。

苏　瑞：他女儿现在没事了吧，我听说前阵子又回学校上学了。

王　政：康对你瞒得也真是严啊，他女儿康菁菁已经在医院化疗一年了，处于休学状态，我想康这么跟你说，也是怕被人怀疑贪腐吧，两天前康菁菁又进了重症监护室。

苏　瑞：康有顺三天前才被隔离审查，那么他现在知道女儿的情况吗？

王　政：可能不知道。

苏　瑞：可怜天下父母心，部队却折了一员猛将。

王　政：是啊，但父母心再可贵也不能逾越红线啊。

苏　瑞：你说得是。

玲　玲：你们俩怎么都沉着脸啊，来来来，吃西瓜，我这可是网红切法。

（苏瑞赶紧拿着西瓜往王政手上递，三个人吃了起来，他们谈起了过去的日子，仿佛回到了大学时光，等太阳再次升起，军改的命令就到了，何去何从都是未知，他

流水的营盘

们在一起等着命运的安排……这时，王政的手机响了。）

王　政：是张鑫组长。（接电话）什么？好好，我马上过去。

苏　瑞：怎么了？

王　政：康菁菁走了。（王政、苏瑞、玲玲赶紧起身，向医院奔
　　　　去。）

图书在版编目（CIP）数据

茉莉 / 胡月著 . -- 北京：作家出版社，2021.8

（21世纪文学之星丛书·2020年卷）

ISBN 978 – 7 – 5212 – 1473 – 4

Ⅰ.①茉… Ⅱ.①胡… Ⅲ.①短篇小说 – 小说集 – 中国 – 当代 Ⅳ.①I247.7

中国版本图书馆 CIP 数据核字（2021）第 124791 号

茉莉

作　　者：	胡　月
责任编辑：	史佳丽　李亚梓
特约编辑：	赵　蓉
装帧设计：	守义盛创·段领君
封面绘画：	谭斯旗
出版发行：	作家出版社有限公司

社　　址：北京农展馆南里 10 号　　　邮　　编：100125

电话传真：86 – 10 – 65067186（发行中心及邮购部）

　　　　　 86 – 10 – 65004079（总编室）

E – mail: zuojia@zuojia. net. cn

http: // www. zuojiachubanshe. com

印　　刷：唐山玺诚印务有限公司

成品尺寸：142 × 210

字　　数：147 千

印　　张：6.125

版　　次：2021 年 9 月第 1 版

印　　次：2021 年 9 月第 1 次印刷

ISBN　978 – 7 – 5212 – 1473 – 4

定　　价：42.00 元